대책도 없이 저질러대는 충동적인 성격과 유지비가 많이 드는 나를
무던히도 잘 참아주고 파트너로서 지원을 아끼지 않는 솔직한 비평가,
사랑하는 아내에게

현명해질 때까지 늙지 않기

김영백

방안에서 쏘아 올린 붉은 은하수 속으로

어릴 때 어머니가 홑이불을 꿰매고 남은 실을 가져다가 손에 들고 그 끝에 불을 붙여봤다. 불은 타오르는가 싶더니 금방 꺼졌고, 끝부분이 빨간 점으로 바뀌더니 연기를 내뿜으며 천천히 올라갔다. 실타래를 들고 내 방에 들어와 실을 잘라 한쪽 끝을 천장에 붙이고 불을 붙인 다음 누어서 그 광경을 바라보았다.

자욱한 구름 속에서 빛나던 수많은 붉은 별들은 겨울밤 하늘에 펼쳐진 신비로운 은하수였다. 구름 속으로 내가 둥실 떠오르던 순간, 새어 나온 연기에 놀라서 들어오신 어머니는 나를 끌어냈고 그렇게 나의 첫 우주여행은 끝났다.

어머니는 아무 말 없이 나를 한참 동안 안아 주셨고, 이 일을 둘만의 비밀로 남겨 주셨다.

이것 말고도 살아오면서 나는 많은 일들을 저질렀고, 그 일들 또한 다양한 방법으로 해결되었다. 대부분 즉흥적이어서 그럴 때마다 새로운 설렘과 흥분을 느끼곤 했다. 대학입시를 앞두고 '건축과' 진학에 관심이 있었지만, 결국 의사의 길을 선택했다. 의대 본과 시절에는 기말시험 성적이 좋게 나온 것을 공개적으로 칭찬해 주신 주임교수를 따라 즉흥적으로 신경외과를 선택했다. 매사에 급하고 감정적인 선택을 거쳐 지금 여기까지 왔으나 후회는 하지 않는다. 전반적으로 세상에 잘 적응했고 그동안 큰 탈 없이 지내왔다.

언제부터인지 모르지만 나는 나무가 좋아서 혼자 서 있는 큰 나무를 보면 가슴이 뛰곤 했다. 교환교수로 1년 동안 미국에서 지내는 동안 머물던 집의 화장실 하나를 개조하여 목공을 시작했다. 나무를 다루는 일은 몽상가적 기질이 있던 나에게 잘 맞는 취미였다. 끊임없이 떠오르는 아이디어의 대부분은 실현 가능성이 없는 것이었지만 그래도 그중 한두 개는 형체로 나타나기 시작했다.

오랫동안 목공 작업을 해오면서 느낀 점은 나무는 솔직하다는 것이다. 재료 단계든 완성된 것이든, 심지어는 미완성으로 끝난 것들도 나름대로 그들의 이야기를 나에게 솔직하게 들려준다는 점이 좋았다. 창고에 쌓여있는 나의 결과물을 보면서 그것들이 만들어지기 전과 후, 그리고 작업 중 떠올랐던 단상들이 사라지기 전에 기록으로 남기고 싶었다.

마지막으로 아내에게 고마운 마음을 전하고 싶다. 대책도 없이 저질러대는 충동적인 성격과 유지비가 많이 드는 나를 그동안 무던히도 잘 참아주었고, 삶의 파트너로서 지원을 아끼지 않았으며, 한편으로는 솔직한 비평가였다.

2025년 겨울 김영백

Contents

책을 내면서
방안에서 쏘아 올린 붉은 은하수 속으로 6

1부   나무를 깎으며 인생의 결을 읽다

나를 잘 모른다 24
내가 괜찮아 보이는 순간 28
열등감 극복하기 32
앞으로 가는 것 36
좋아하는 것과 잘하는 것은 다르다 38
닭장 43
굽은 나무 48
조애나 럼리 52
몰입과 일체화 55
원하는데 그것이 무엇인지 모를 때 58
글을 쓰기가 두렵다 61
기억 64
운, 재능, 선택 68
일상의 반복은 시간을 좀 먹는다 72
익숙하고 소소한 것에서 희망을 76

2부   예술이 건네는 위로, 음악이 흐르는 시간

30세 작곡가와 95세 연주자 82

실내악에 대한 아주 개인적인 생각 84

연주장에서 87

콘서트가 중단되었을 때 92

인상과 기억 96

루빈스타인 98

Don't fall in love with dreamer 102

Walking in the air 104

무정한 마음 (Core 'ngrato / Salvatore Cardillo곡) 108

오슬로(Oslo) 110

3부 곁에 있는 것들을 더 깊이 사랑하는 법

두 개의 의자 116

기억을 유지하는 방법 119

노란 잠바 122

흰 저고리와 검정 치마 _보호자 126

흰 저고리와 검정 치마 _환자 129

미화부직원 132

그리스 식당 134

나 때문에 137

When I dream 141

사랑이 가르쳐 준 것 (Mahler 교향곡 제3번) 144

사랑을 유지하는 방법 146

사랑의 또 다른 정의 150

저녁에 (Im Abendrot / R. Strauss) 154

생일 156

결혼 축사(사랑) 160

봄 162

사랑하는 이유 164

아이는 어른의 스승 166

4부 잠시 멈추어 선 낯선 길목에서

가을은 두 번째 봄 173

나무가 보여주는 또 하나의 방식 176

꽃에게 말을 걸기 180

지붕이 없는 오두막 184

세 명의 친구 186

파타고니아 190

여행과 외로움 193

침묵 196

Baked apple berries 199

사르데냐(Sardegna) 202

내비게이션 205

Capo dell' Argentiera, Sardegna 208

같은 배를 두 번째 탔을 때 212

카스텔라나 동굴(Grotte di Castellana) 216

5부 아직도 현명해질 시간이 남았다

나를 믿는다는 것 224

제3막 226

해야 할 일, 하고 싶은 일 230

오랫동안 해오던 일을 마친 다음 날_ 2024. 08. 21 234

정박한 배 238

고통 없는 편안한 삶 243

정신이 신체를 극복할 수 있을까? 246

행복과 고통 250

불편한 감정 253

나이 들면 상처가 잘 낫지 않는다 256

몸에 지니고 있던 것을 잃어버렸을 때 260

후회를 극복하지 못하면 262

후회는 나를 좀 더 나은 인간으로 만든다 266

늙어서 후회하는 일 270

여전히 상처를 두려워한다 274

개인주의 278

사람들은 선동과 감정에 끌리며, 자신을 비판하면 싫어한다 282

지식은 지혜에 선행한다 286

행복의 역사 290

친근함의 두 얼굴 293

6부 나답게 사는 인생의 오후

노인도 관심받을 수 있을까? 298

변해가는 모습 303

시간과 나이 306

시간이 지나면 309

자유로운 시간과 나이의 제약 312

지금 주변에서 찾아야 할 것 316

멈추어야 할 때, 나아가야 할 때, 돌아보아야 할 때 319

시작과 끝 322

고통 속의 행복 325

혼자 있다는 것 (solitude) 328

부재와 외로움 (Absence and loneliness) 333

벽 336

달 341

잃어버린 것은 파괴될 수도, 줄어들 수도 없다 342

삶을 선택할 권리 (Quality of life) 345

지키고 싶은 것 348

이제 그만 떠나도 되지 않을까? 350

에필로그 수술실 창밖에 눈은 내리고 354

부록 나의 작업실 이야기 360

1부 나무를 깎으며 인생의 결을 읽다

나를 잘 모른다

아주 옛날에는 거울이 없어서 자기 얼굴을 보려면 물가에 가서 몸을 숙이고 물결이 잔잔해질 때까지 참고 기다려야 했다. 이를 지켜보던 악마가 거울을 건네주었고, 이후부터 사람들은 나와 남을 비교하고 질투하며 서로 다투기 시작했다고 한다.

거울을 한번 만들어 보았다. 고양이 한 마리가 거울 위에서 나를 바라보고 있다. 고양이의 눈은 상대를 꿰뚫어 보는 힘이 있다는 이야기가 있다. 고대 이집트에서는 신이 고양이의 몸을 빌려 인간과 같이 지내도록 선택됐다고 여겨 사람들은 이 동물을 신성시했고, 숭배했다고 한다. 거울을 들여다볼 때마다 이상한 생각이 든다. 과연 내 모습이 이렇게 보이는 것이 맞나? 내가 생각하는 나의 모습은 어떤 모습이어야 하는가? 거울을 통해 보이는 나의 모습은 항상 같은 모습인 것 같았지만 나이가 들어가며 점차 실망스러워졌다.

앨리스는 벽난로 뒤에 있던 거울을 통해서 이상한 나라로 들어가서 모험을 시작했다. 여행 중 만난 붉은 여왕이 매일 노력하면 과거로 돌아갈 수도 있다고 말하자 앨리스가 대답했다.

"나는 과거로 돌아가기 싫어요. 그러면 현재의 내가 아니잖아요."

이제는 매일 나의 모습을 보면서 조금이라도 괜찮은 구석이 있는지 찾아본다. 아직 나르시시스트가 되기에는 이성이 살아 있지만, 직장에서 일을 할 때나 걸어갈 때도 자주 내 모습을 상상해 본다. 이 때문에 자세가 조금 반듯해진 것 같기도 하다. 타인이 아닌 내가 바라보는 '지금의 나'를 의식하는 습관이 자리 잡기에 아직 갈 길이 먼 것 같지만 이렇게 지내다 보면 조금씩 나아질 수 있을 것 같은 생각이 든다.

350 x 700 x 80, various exotic woods

로마의 판테온은 나에게 감동 이상의 충격을 주었다. 천장에서 내려오는 빛의 기둥에 의해 드러난 석관의 위엄을 지키기 위해 세워진 사원의 모습은 신비로웠고 위대하던 고인의 생전 모습을 떠올리게 하였다. 사원으로 들어가는 입구를 연상할 수 있는 거울을 만들어 보고 싶었다. 화려함을 뒤로 하고 거울 속으로 들어가는 나의 모습을 신을 대리하여 고양이가 냉정하게 바라보고 있다. 신전을 꾸민 아름다운 대리석과 거울 속으로 멀어지는 나의 모습을 상상하며 제작했다. 전반적으로 작업은 어렵지 않았지만, 다양한 색의 이국적인 단단한 목재를 어떻게 조합해야 하는지, 그리고 어떻게 하면 거울을 공중에 떠 있도록 하여 바라보는 곳에서 점차 멀어지게 보이도록 할지가 관건이었다.

내가 괜찮아 보이는 순간

누군가를 처음 만나면 아주 짧은 시간 동안 그 사람에 대한 인상이 만들어지고, 시간이 지나도 그 느낌은 쉽게 바뀌지 않는다. 타인이 인식하는 나의 인상도 마찬가지일 것이다. 처음 보는 순간은 아주 짧아서 내가 의식하고 연출할 틈이 없다. 그래서 상대를 만나기 전부터 그 사람이 괜찮을 거라는 생각을 먼저 한다면 나의 인상 역시 좋게 남을 것이다. 이런 방법은 특히 아이들에게 성공적이었다.

나는 아이들을 좋아해서 한때 소아과를 전공으로 선택하려고 생각한 적이 있었는데, 아이들을 만나기 전부터 귀여운 아이를 보는 상상을 하다가 아이를 만나 눈을 마주치면 대부분은 낯을 가리지 않았고 심지어는 팔을 뻗어 안아달라고 했다.

아침에 화장실 거울을 통해서 내 모습을 바라보면서 타인이 느낄 '나의 첫인상'을 상상했다. 배에 힘을 주면서 턱을 당기자 자세는 반듯해졌다. 그리고 자연스러운 미소도 연습해 보았다. 서 있거나 걷다가도 내 모습을 상상해 보았다. 점차 나아지는 기분이 들었다.

언젠가 직장 동료들로부터 걸어가는 내 뒷모습이 반듯하고 보기 좋다는 이야기를 들었다. 앞모습에 대해서는 언급하지 않았지만, 지금 나이가 몇인데 그런 욕심까지 부리겠는가?

자세가 좀 더 반듯해지면서 동시에 변하는 것이 있었다. 어떠한 일을 할 때에도 내가 좀 더 긍정적으로 생각하며 행동하고 있다는 느낌이었다. 괜찮게 보이는 사람이 일도 잘한다는 논리가 적용되는지는 모르겠으나 아무튼 그러한 변화가 생겼다.

단풍나무의 옹이 부분의 불규칙한 무늬는 상자나 작은 테이블의 상판을 만들기 좋은 재료이다. 자연적으로 갈라진 느티나무와 잘 어울린다. 겨울 오후의 낮은 빛은 담벼락에 인상적인 날렵한 그림자를 만들어 주었다.

x 500 x 350, Soft maple burl, zelkova

내가 괜찮아 보이려면 밖으로 보이는 모습 말고도 나 자신의 당당함이 배어 나와야 한다.

당당함을 갖추는 것은 시간과 정성이 필요하고 학문적인 소양과 교양도 키워야 한다. 쉽지 않은 일이다. 무언가를 배운다는 것은 타인으로부터 인정받기 위해서가 아니라 내가 원하고 좋아하기 때문이어야 한다고 생각한다.

화장실에서 거울을 볼 때와 같이 배우기 전에 이미 배우기를 원하는 마음을 가져야 그것을 바라보는 자신에게도 꽤 괜찮은 사람으로 느껴지지 않겠는가?

나는 이것을 자존감이라고 불러도 된다고 생각한다.

열등감 극복하기

내가 아기였을 때 낯가림이 심해서 할머니 품에서 떨어지려고 하지 않았다고 한다. 낯가림과 연관된 유전성은 어느 정도 이해되는 면이 있고 이와 관련된 논문도 어렵지 않게 찾을 수 있다. 성장하면서 오랫동안 지속된, 당연히 지금도 남아있는, 나의 내성적인 성격도 유아기 때의 낯가림과 관련이 있다고 생각된다. 낯선 것에 대한 수많은 두려움의 기억이 아직도 내 머릿속에 남아있다. 이러한 성격은 흔히 순하고 착하다는 표현과 중복되어 사용되기도 한다. 부끄러움은 무언가 양심에 꺼리는 것이 있다는 뜻이고, 열등감은 타인과 비교할 때 부족한 것이 있다고 느끼는 감정이다. 부끄러움과 열등감은 서로 통하는 부분이 있다. 둘 다 상황을 회피하려 하고 타인의 눈에서 벗어나려고 하는 행동 때문에 자신의 의견을 표현하기가 어려워진다.

나는 초등학교 때부터 모르는 사람 앞에 서기만 하면 얼굴이 붉어지면서 말을 더듬었다. 이런 나의 성격을 걱정하던 아버지의 권유(?)로 교회 중등부 회장이 되었다. 처음 단상에 섰을 때의 두려움을 지금도 잊지 못한다. 시간이 지나면서 말더듬은 조금씩 좋아졌다. 이런 과정을 통해서 깨우친 방법이 있었는데 바로 피할 수 없다면 남보다 먼저 해버리는 것이었다.

나는 다른 친구들보다 부지런했고 미리 준비하는 성격이었지만, 내 앞에 언제나 나보다 뛰어난 누군가가 있었다. 하지만 나는 상대를 시기하고 이기고 싶다는 생각이 들지 않았고, 오히려 그 상황을 받아들이면서 그로부터 배우려고 했다. 지금 생각해도 그런 태도는 그 당시 내가 할 수 있는 일 중 최선이었다. 덕분에 당시 나와 경쟁했던 상대들과 좋은 관계를 유지하고 있다.

나에게 닥친 일들 대부분을 강박적으로 극복하려고 노력했었다. 돌이켜 생각하면 부끄러움과 열등감을 극복하기 위해 행한, 때론 무모하기까지 한 여러 도전과 시도가 없었더라면 지금의 나는 존재할 수 없었을 것이라는 생각이 든다.

나이가 들면서 새로운 도전과 시도는 줄었고, 무관심해지고 쉽게 잊어버렸다. 가끔 앞뒤를 가리지 않고 저질러 버리던 젊었던 시절의 내 모습이 그리울 때도 있다. 아쉬운 점은 당시에는 나의 감정을 솔직하게 상대에게 밝히지도 못했고, 도움을 청하지도 않았다는 것이다. 도움을 청한다는 것이 '아직 포기하지 않았다'는 의미라는 것을 알게 된 것은 오랜 시간이 지난 후였다.

이후 나는 '거짓말을 하지 말자'라는 구절의 생활신조를 정했다. 타인과 나에게 항상 솔직한 모습을 보이는 것을 실제로 시도해 보니까 여간 어려운 게 아니었다. 그래도 내가 나에게 한 약속을 깨버리면 더 이상 내가 나를 믿지 못하게 될 것이다.

그렇게 되면 누가 나를 믿겠는가?

벚나무는 처음 켜면 연한 분홍색의 아름다운 색이 보이고 시간이 지나도 크게 변하지 않으며 가공도 어렵지 않아 가구용 목재로 많이 사용된다. 코트를 걸기 위하여 만들었는데 단순하고 부드러운 질감으로 걸린 옷들과 잘 어울렸다.

2500 x 50 x 50, cherry

앞으로 가는 것

앞으로 가는 것은 대부분 뒤로도 갈 수 있다. 그런데 내가 아는 한 자전거를 뒤로 몰기는 어렵다. 자전거를 바라보면 천천히 여유롭게 몰고 가는 할아버지의 모습이 떠오르기도 하지만, 아무래도 빠르게 질주하는 젊은이의 모습이 좀 더 어울린다. 청년은 어느 길이든 빨리 가고 싶어 한다. 도착할 곳에서 해야 할 일과 하고 싶은 일이 너무 많기 때문이다. "나이 든 사람의 목표는 저 멀리 보이는 곳 너머에 있다"라는 말은 희망과 동시에 불안을 암시한다. 어느 철학자(헤겔)의 말마따나 "죽음은 아직 도달하지 않음이고 뒤 돌릴 수도 없다"라고 하지 않는가?

하지만 세발자전거는 어떤가? 앞으로 빨리 달릴 수 있고, 뒤로 가기도 하며, 때로는 아이가 자전거를 뒤집어서 들고 가기도 한다.

Wooden bicycle, 500 x 220 x 400, cherry

첫 손주는 움직이는 것만 보면 관심을 가졌다. 걷기 시작하자 바퀴가 달린 장난감을 만들어 주었는데 종일 그것만 끌고 다녔다. 바퀴가 달린 새로운 장난감을 만들게 된 것은 손주보다는 나의 끊임없는 호기심 때문이었다. 이번에는 제대로 모양을 갖춘 자전거를 만들어 보기로 했다. 체리나무는 가공이 쉽고 다듬으면 가시가 생기지 않아 아이들 장난감으로 사용하기 좋은 재료이다. 어려운 점은 바퀴를 만드는 일이었다. 튼튼하고 잘 돌아가며 어른이 보기에도 아름다운 모습이기를 기대했다. 먼저 바퀴 틀(templates)을 만들고 홈파는 기구(router)로 조심스럽게 조금씩 파 내려가 완성했다. 바큇살을 가늘게 만들고 싶었지만, 나의 조급함은 이를 허락하지 않았다. 또 다른 문제는 자전거의 안장이었다. 프레임과 안장을 한 덩어리의 나무에서 잘라내다 보니 안장이 너무 짧아졌다. 그래도 손주는 여기에 엉덩이를 올리고 잘 달렸다. 빠르게 자라는 아이를 따라가지 못해 부끄러웠던 자선거는 이세 상자 속으로 들어가 버렸다.

좋아하는 것과
잘하는 것은 다르다

내가 클래식 음악을 좋아하는 것을 알게 된 아버지는 바이올린을 배워보라고 선생님을 소개해 주셨다. 처음 만들어 낸 소리는 크고 날카로웠고, 반복된 연습은 지루하고 무료했다. 이내 악기가 싫어졌고 끝내 레슨을 중단했다.

그러나 클래식 음악은 한 번도 나를 떠난 적이 없는 친구였다. 전공의 시절 버스에서 졸고 있는데 맑고 청아한 소리에 정신이 번쩍 들었다. 치마로사(Domenico Cimarosa)의 오보에 협주곡이었다. 그 순간의 감동이 얼마나 강렬했는지 어떻게든 이 악기를 배워야겠다는 결심하고 실행에 옮겼다. 레슨을 받았지만 나의 머릿속에 들어있는 그 소리는 좀처럼 나오지 않았다. 연주하는 것보다 듣는 것이 더 좋았다. 연주에 대한 소질이 부족한 것을 일찍 파악한 선생님은 점차 음악의 기초와 이론, 곡의 해석에 대한 설명으로 레슨 방향을 바꾸기 시작했다. 교향악단의 수석이었던 선생님의 배려로 저명한 연주단체가 내한할 때마다 무대 옆에서, 혹은 관객석 제일 구석의 계단에서 리허설을 감상할 수 있었고, 연주가 끝나면 맥주 한잔과 함께 연주의 감동을 서로 나누었다. 오케스트라의 편성과 악기의 특성, 지휘자의 역량에 대해서, 그리고 교향곡에 대한 작곡가의 의도, 짧지만 오랜 여운을 남기는 솔로 연주의 감동까지 직접 배우고 느낄 수 있었다. 하지만 내가 대학에서 조교수가 되면서 레슨은 중단됐다. 시간

450 x 1050 x 350, walnut, maple

하우스 콘서트에서 사용하기 위해 만들었다. 뒤풀이 연주에서는 예정에 없던 연주가 이어지기 때문에 많은 악보가, 때로는 길게 펼쳐져서, 보면대 위에 쌓이게 된다. 그래서 필요에 따라 악보를 길게 펼칠 수 있도록 가운데 단풍나무 부분을 양측으로 확장할 수 있도록 만들었다. 얼마나 많은 감동이 이 보면대를 마주 보며 펼쳐졌었는지 아직도 가슴이 뛴다.

을 규칙적으로 내기 힘들다는 것이 표면적인 이유였지만 좀처럼 나아지지 않는 나의 연주 실력이 주된 이유였다고 생각한다.

좋아하는 것과 잘하는 것은 분명하게 달랐다.

어느 날 음악 선생님은 나에게 하우스 콘서트를 해보자는 제안을 했다. 이를 위해 아내는 매주 열심히 디저트를 만들었고, 어느새 클래식 음악은 이제 우리 부부의 중요한 일상이 되었다. 젊음의 열정으로 만들었던 하우스 콘서트는 이제는 나의 손을 떠났지만 여전히 이어지고 있다. 그동안 뒤풀이 연주에서 선생님은 자주 나와 아내에게 고마운 마음을 전했다. 가슴이 뿌듯했고 보람을 느끼는 순간이었다.

하지만 시간이 지나면서 어느 순간 깨달았다.

고마움을 전해야 하는 사람은 선생님이 아니고 바로 나였다는 것을, 연주자로서 소질은 없었으나 음악을 더 좋아하게 만들어 준 선생님에게 더 자주 고맙다는 표현을 해야 했다는 것을.

닭장

　지난주에 병아리가 알을 깨고 나오기 시작해서 닭장을 증축하고 있다. 키우는 닭의 수가 점점 늘어나는 이유는 누나와 내가 키운 닭을 잡고 싶지 않기 때문이다. 이제 흰색과 검은색이 섞인 멋진 오골계, 하얀 왕관을 머리에 올린 우아한 하얀 닭, 그리고 파란 알을 낳는 날카로운 눈빛의 검은색 닭까지 닭장 안이 바글거린다. 닭장을 짓는 것은 이번이 일곱 번째다. 그럼에도 닭에 대해 알고 있는 것이 별로 없다. 매일 신선한 달걀을 얻는 것 외에는 특별한 경제적 이득도 없다. 하지만 이런 일을 반복하는 이유는 재미있기 때문이다. 취미로 목공을 시작하게 된 것도 이와 무관하지 않다.

닭장의 재료는 주로 나무였지만 나중에는 우연히 찾아낸 다양한 재료를 이용했다. 공사하고 남은 목재 팔레트, 건축 내 외장재, 중고 삼나무 판재, 데크를 만들고 남은 방부 목재, 아크릴판, 방수 코팅 천 등 다양한 재료를 이용해 내가 원하던 작은 집들을 완성했고, 또 시간이 지나면 부수고 다시 지었다.

어릴 때 토끼를 키운 적이 있는데 마당에서 뛰어다니는 모습이 보기 좋아서 놓아 키웠다. 그러다가 토끼가 안방 구들장 아래로 굴을 파는 바람에 연기가 방안으로 새어 들어와 한바탕 난리 친 일도 있다. 어릴 때 개한테 물린 다음부터 개만 보면 두려웠지만, 지금 내가 키우는 진돗개가 다섯 마리나 되고, 녀석들은 나만 보면 달려와서 몸을 비벼댄다.

닭장도, 개집도 지었다가 허물고 다시 짓는다.

손주는 커서 할아버지와 같이 목공을 하고 싶다고 한다. 그 마음이 자라서도 변치 않기를 기대한다.

즉흥적으로 무언가를 만들고, 바라보며 즐기고, 그런 후에 없애고, 다시 만들기도 하는 지금이 바로 행복한 순간이다.

나무의 옹이는 같은 모양이 하나도 없다. 이끼가 덮인 옹이(burl)들을 모아 놓으니까 산수화를 보는 느낌이
들었다. 작은 나무의 단면에서도 거대한 산수화가 펼쳐진다. Sliced burls   2200 x 300 x 500, juniper tree, pine

굽은 나무

나무와 인간은 끊임없이 중력을 극복하면서 자라나 멋진 균형을 보여준다는 점에서 비슷하다.

자연을 이루는 것은 흐름을 거스르지 않는 곡선을 선호하나, 인위적인 것은 직선을 따르며 다분히 폭력적이기도 하다. 직선은 단순하고, 경제적이며, 상상하기 쉽다.

자연과 어울리기 위해서는 직선의 세계에서 벗어나야 한다. 우리는 아름다운 균형, 혹은 균형의 아름다움을 자연에서 찾아내고 때로 직접 흉내를 내며 만들기도 한다. 이상적인 목표를 균형의 아름다움에서 찾는다는 점은 의사와 예술가 둘 다 다르지 않고, 이를 이루기 위해서는 오랜 시간과 노력이 필요하다. 영국 작가 제프 다이어(Geoff Dyer)가 쓴 '우리의 목표는 멀고 이루기 힘이 들며, 바라는 것은 보이는 데서 좀 더 먼 곳에 있다'

 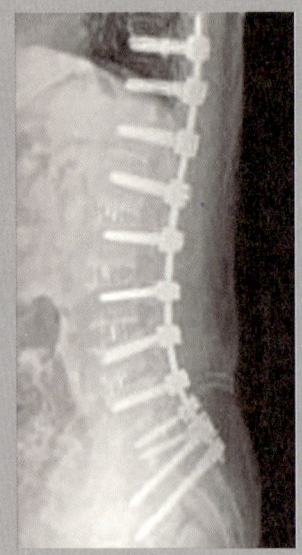

은퇴하기 전까지 많은 환자를 돌보고 수술도 했지만, 환자와 의사 모두 만족하고 치료를 끝낼 수 있던 경우는 생각보다 적었다. 특히 척추 수술에서는 한 가지 문제를 해결하면 풀어가야 할 문제점이 계속 다시 생겨났다. 나의 후배와 제자들도 같은 경험을 하고 있을 것이다. 고사한 향나무를 조금씩 깎아내며 새로운 모습으로 다시 만들어 내고 싶었다. 현관 입구에 옷걸이로 사용하는데 옷을 걸 때마다 듬직하고 친한 느낌이 든다.

라는 문구가 떠오른다.

두 사진 모두 이상적인 최종결과는 아니다. 의사는 앞으로 계속 이 환자를 돌보아야 할 것이고, 예술가는 좀 더 아름다운 곡선을 완성할 수 있을 것이다.

부러져 넘어진 향나무의 자연스러운 곡선을 살리고 싶었다.

오래 바라보면 이 나무가 건네는 말을 언젠가는 이해할 수 있을 것 같았다. 두 개의 곡선을 바라보면 나에게 질문해 본다.

어떤 것이 '순응'이고, 그리고 어떤 것을 '극복'이라고 할 수 있을까? 지금 나에게 필요한 것은 주관을 지우고 자세히 오랫동안 살펴봐야 한다는 것이다.

우물가에 서 있는 굽은 고목에 대한 장자의 비유, 무용지용 (無用之用)이 우리에게 주는 가르침을 배우고 깨달아야 한다. 빨래하는 아낙에게 흐르는 물과 그늘은 당연한 것이고, 허리가 굽은 고목 역시 그곳에 묵묵히 서 있을 뿐이다.

나무는 천천히 더 넓게 그늘을 만들어 준다.

조애나 럼리

450 x 800 x 300, various wooden twigs

조애나 럼리(Joanna Lumley, 배우). BBC에서 그녀가 나오면 나는 항상 채널 고정이다. 일흔을 훌쩍 넘긴 그녀의 모습은 여전히 멋있고 당당하다. 그녀는 젊었을 때 잘 나가던 모델이었고 배우로도 활약했다지만 그때의 모습에 대해서 나는 전혀 알지 못한다. 단지 TV 여행 프로그램에서 화려하게 변신하는 재담가의 모습으로 그녀는 내게 고정되어 있다. 보톡스 때문에 통통하게 부풀어 오른 양 볼은

밭에서 수확한 감자와 양파들을 보관하려고 만든 선반인데 가을 단풍이 좋아서 대신 꾸며보았다. 주위에서 흔히 보이는 칡넝쿨로 만들었는데 이곳에 무엇을 담느냐에 따라 전혀 다르게 보인다.

마치 '금요일'로 시작하는 제목의 공포영화에 나오는 인형을 연상시키기도 하지만 워낙 뛰어난 재담과 멋진 패션 감각으로 그러한 부정적인 인상을 보상한다. BBC와 계약을 갱신하면서 여전히 엄청난 출연료와 각종 편의를 요구해서 재계약에 난항을 겪는다는 뉴스를 접했지만 방송에서 계속 볼 수 있게 되기를 바란다.

그녀를 보고 있노라면 '당당함' '오만' '재치' '솔직함' 등의 단어가 떠오르면서 노년도 멋진 나이가 될 수 있겠다는 생각이 든다. 촬영 뒷이야기를 편집한 프로그램에서 화장하지 않고 나온 모습은 조금 안쓰럽게 보이기도 했지만 솔직히 그녀에게 노인이라는 칭호를 붙인다는 것이 적절하지 않다. 인도에서 촬영 중에 방금 산 채소를 강물에 헹궈 먹고 식중독에 걸렸지만 계획대로 촬영을 강행하던 그녀의 프로의식은 대단했다.

오만하게 보이기도 하지만 일관된 솔직함이 그녀의 단점을 잘 커버한다. 오만한 당당함은 상대에게는 즐거운 일이 아닐지라도 자신의 정체성을 위해서는 필요하다.

나에게 오만함까지는 아니더라도 당당함을 유지할 만한 배짱이 있을까? 이를 위해서 무엇을 노력하고 찾아야 할지는 아직도 모르겠다. 하지만 그녀를 보면서 '오만한 당당함'을 갖는다는 것이 얼마나 중요한지 알게 된 것은 나에게 큰 수확이었다.

매일 거울로 보는 나의 모습은 자랑스럽지는 않아도 아직 최악은 아니다. 그런데 무엇이 문제란 말인가? 항상 나의 머릿속은 맑지 못하고 새로운 의욕은 오전 몇 시간 만에 시효를 다하고 꺼져버린다. 자면서 체온으로 더워진 메밀 베개가 싫어서 얼마나 자주 베개를 돌려가며 자세를 바꾸곤 했는가? 이것은 절대로 섬세한 것이 아니고 조금도 불편한 것을 참지 못하는 개똥 같은 성격 때문이다.

옛날 옛적에, 어린 시절을 천민의 집에서 살도록 운명 지워진 공주가 오랜 시간이 지난 후 왕궁에 돌아왔다. 궁전에서 하룻밤을 지낸 후 그녀가 "다섯 겹의 매트리스 속에 숨겨진 바늘 하나 때문에 불편해서 잠을 잘 수 없었다"라고 말하자 왕비가 자기의 딸이 확실하다고 인정했다고 한다.

그런 예민함으로 천민의 집에서 어떻게 오랫동안 지낼 수 있었는지 모르겠다.

몰입과 일체화

'악기와 하나가 되어, 혹은 혼연일체가 된 가운데'라는 의미를 기돈 크레머(Gidon Kreme, 바이올리니스트)가 직접 행동으로 나에게 보여주었다. 바흐의 파르티타를 연주하는 모습 전체가 나에게 그대로 전달되어 어느 순간 나도 모르게 그와 같이 입술을 반쯤 연 채 멍한 눈으로 그를 바라보고 있었다. 그는 무대에 나오면서, 그리고 관중들에게 인사를 하면서 미소를 지었으나 연주가 시작되자 갑자기 아무도 없는 곳에 홀로 선 모습으로 변했다.

자연의 한 부분이 돼버린 그는 넓은 광야에 혼자 서 있었고 그곳에는 오직 소리만 있었다. 과장된 움직임이나 표정은 전혀 나타나지 않았다. 오직 그는 소리를 내기 위해 필요한 최소한의 동작만 하고 있었다. 심지어 그 상황에서 말은 필요하지 않으니 입은 숨을 쉬기 편한 모습으로 바뀌어서 혹자는 바보같이 보인다고 농담하기도 했다. 그의 움직임 하나하나는 각각 소리의 파편들로 바뀌어 나에게 다가오고 있었다.

다비드 오이스트라흐(David Oistrakh, 바이올리니스트)가 연주하는 브람스 바이올린 협주곡에서도 같은 느낌을 받았다. 그의 몸은 미동도 하지 않았고 표정의 변화도 없었다. 음악은 그냥 몸의 깊은 곳에서 울려 나오는 그의 목소리와 같았다. 바이올린에서 나오는 소리도 넓은 의미로 보면 언어인 것이다. 그의 거대한 몸은 바이올린만으로는 부족한 저음의 울림을 증폭해 주었다. 연주가 끝나고 활을 아래로 내리자 비로소 청중은 큰 숨을 내쉬며 등을 뒤로 기댈 수 있었다.

'내가 직업으로 선택한 신경외과 수술도 그런 경지까지 갈 수 있을까?'라는 생각이 들었다. 전문의 과정을 마치고 처음 환

단풍나무와 호두나무는 상대를 두드러지게 해주는 좋은 친구와 같다. 이 두 나무를 얇게 켜서 서로 붙이고 흑단으로 측면을 돌아가도록 만들면 고급스러운 느낌이 배가한다. 하지만 두 나무를 접착할 때 결을 잘 맞추어야 한다. 잘못하면 시간이 지나면서 위아래로 볼록하게 휘어 버린다.

40 x 27 x 6, walnut, ebony, maple

자를 보기 시작했을 때 예정된 수술을 앞두고 불안해 잠을 이루지 못했고, 수술 중 잘 진행이 되지 않으면 자꾸 벽에 있는 시계를 보곤 했다. 그러나 경험이 쌓여 가면서 내가 집도하고 있는 그 순간과 바로 다음에 해야 할 부분에만 집중할 수 있게 되면서 초조하고 불안한 마음도 사라졌다.

조용히 집중하면서 지금 해야 할 일만을 가장 단순하고 효율적으로 실행하는 것, 이것이 바로 연주나 수술 중 이루어지는 자연스러운 몰입이다. 연주자는 관객으로부터 받은 감동으로, 그리고 의사는 치료 후 결과로 보상을 받는다. 연주자와 의사 모두 끈기를 가지고 많은 훈련을 거쳐야 한다. 모두 쉬운 직업은 아니지만 중요하고 좋은 직업인 것은 맞다.

외과의사도 연주자의 악기와 마찬가지로 수술하는 동안 사용하고 있는 수술 기구와 혼연일체가 되어야 한다. 다행히 수술실에는 많은 안전장치가 준비되어 있어 위험을 미리 예방할 수 있게 해준다. 우리는 정상에 오른 연주자를 보고 열광한다. 그러나 의사는 갈채를 받는 영웅이 되기보다는 충분히(?) 잘 해내는, 실수 제로에 도전하는, 그런 사람이 되어야 한다.

나도 그렇게 되기 위해 노력하고 있다.

원하는데
그것이 무엇인지 모를 때

내가 무엇을 하려고 했는지 아무리 생각해도 떠오르지 않을 때가 있다. 작업실 문을 열고 커피를 내리고 의자에 앉았으나 아무 생각도 나지 않았다. 이곳으로 운전하며 오는 동안 무언가 좋은 생각이 떠올랐었다. 그 생각을 손대지 말고 그대로 가져와야 했다. 너무 많은 것을 생각했다. 무언가 추가했고, 사용할 방법과 어떻게 보이게 될 것인가까지 생각했다. 내가 어디에 서 있는지 알아야 어디로, 어떻게 갈지 결정할 수 있을 텐데 시작이 잘못되었다. 그래서 지금은 모든 것이 떠나 버렸다. "이제 뭘 하지?" 나의 부뚜막 도깨비에게 넌지시 묻는다. 쉽사리 떠오르지 않는 영감을 그냥 허망하게 보내 버렸다.

"예술은 감정에 반응한다. 그런 면에서 음악은 예술의 정점에 서 있다"라는 에그니스 마틴(Agnes Martin, 추상화가)의 언급에 공감한다. 음악은 듣는 순간에 즉시 어떤 감정을 불러낸다. 연주가 끝나면 소리는 사라지지만 여운은 기억 속에 남는다. 미술이나 설치물도 현장의 느낌이 중요하다. 그러나 음악만큼 시간적 제한이 있지는 않다. 작품에 대한 아이디어가 떠오르면

350 x 200, hard maple, walnut, purple heart

버버리 문양은 너무 흔해서 조금 식상하기도 하지만 나무로 한번 표현해 보고 싶었다. 색감이 다른 나무를 순서에 맞춰 자르고 붙이는 과정이 어렵지는 않았지만, 시간이 많이 소요되었다. 이러한 문양의 도마는 실제로 물에 적시는 용도로 사용하기에는 부적절하다. 나무의 자란 방향이 서로 어긋나있으면 시간이 지난 후 예외 없이 틀어지기 때문에 막 쓰는 도마는 한 덩어리의 나무를 사용하는 게 좋다. 내가 가장 애용하는 나무는 경단풍(hard maple)이다. 나무가 밝고 깨끗하고 치밀해서 이물질이 덜 스며들어 오랫동안 깨끗하게 사용할 수 있다.

그것을 그대로 두고 영감이 다치지 않게 천천히 둘러보며 의미를 알아내야 한다. 무언가 만들고 나면 완성이라는 단어가 거슬린다. 그렇다고 계속 손을 댈 수도 없는 일이다. 이제 그 작품이 나에게 말을 걸도록 기다려야 한다. 음악이 소리를 매개로 전달되는 순간 감상자는 주관적으로 해석하고 이해한다. 미술이나 설치물도 그래야 한다. 누가 언제 어떻게 무슨 재료를 사용했는지에 대한 것들은 나중에 더 알고 싶을 때 찾아보면 된다. 우선 나에게 전달되는 것이 무엇인가를 찾아내야 한다. 좋은 일은 혼자 있을 때 다가온다. 마음을 비우고 기다려야 한다. 잘 만들어진 작품은 별도의 설명이 없더라도 감상자의 시간을 가치 있도록 만드는 무언가가 있다. 즉 작품 앞에서 잠시 서 있게 만들 수 있다는 뜻이다.

지금 떠오르는 것은 매미가 시끄럽게 울어대는 늦여름에 창문을 열고 무언가를 열심히 생각하고 있는 내 모습과 언제 오셨는지 문밖의 작은 의자에 앉아서 나를 바라보고 계신 어머니의 모습이다. 내가 고개를 돌려 쳐다보자, 어머니는 환한 미소로 대답했다.

-애그니스 마틴의 대담을 듣고

글을 쓰기가 두렵다

틈틈이 만들어 왔던 목공 작품의 사진들과 함께 어울리는 글을 써보고 싶다는 생각은 오래됐다. 가끔 무언가 떠오를 때마다 기록했던 메모를 잘 정리만 하면 될 것 같았지만, 막상 시작하니까 글이 마음에 들지 않은 점은 말할 것도 없고 다른 사람이 내 글을 읽는다는 게 두렵기까지 했다. 마음속의 생각을 풀어 놓기가 어려워서가 아니라 너무 형편없는 내가 그대로 드러나는 것이 싫었다. 큰 잘못 없이 살아왔다고 생각하면서도 아직도 숨기고 싶은 마음이 있다는 것은 아이러니이다. 실제로 그것이 무엇인지 구체적으로 말할 수도 없는 답답한 마음만 지속되었다.

나에게 다가왔고, 그리고 지나가 버린 시간에 대하여 솔직히 기록하면 의미가 있을 것만 같았다. 취미로 시작했던 목공 작업,

800 x 320 x 720, ebony, curved wood branches, cherry

우연히 얻게 된 장미목을 잘라 상판으로 하고 갈라진 벚나무를 다리로 만드니까 색상이 어울리고 안정감이 생겼다. 벽에 가까이 놓고 원고지와 잘 깎은 연필 몇 자루만 올려놓으면 무언가 시작할 수 있을 것 같았다.

그 아이디어들을 여기저기 끄적거려 놓기만 하고 시작도 하지 못한 것은 또 얼마나 많은가? 심지어 시작은 했으나 어느 순간부터 진행하지 못하고 내팽개친 미완성의 덩어리들 때문에 내 작업 공간은 점차 줄어들고 있었다. 어떤 날은 작업실 문을 열기가 두려울 때도 있었고, 왜 이런 일을 벌였는지 알 수 없는 때도 있었다. 미완성이라고 하기도 부끄러운 쓰레기들을 모두 모아서 난로에 넣고 태우면서 나의 지난 일들을 반추해 보려고도 했다.

이제 생각의 방향을 조금 바꾸기로 했다. 글쓰기는 일단 시작한 일이니까 생각나는 것을 솔직하게 써보는 것이다. 좀 더 솔직해지면 막힘없이 계속할 수 있지 않을까? 아무것도 아닌 사소한 것들도 계속 표현해 보는 것이다.

니체는 자신의 부끄러운 것도 사랑할 수 있어야 한다고 했다. 지금 나에게 꿈이 있다면 무언가 쓰고 싶은 마음을 어떤 식으로든지 잘 마무리하고 싶은 것이다. 몸과 마음이 편하게 되면 글을 더 잘 쓸 수도 있겠다는 생각은 처음부터 잘못된 것이었다. 글을 자꾸 쓰다 보면 좋은 글도 쓸 수 있게 될 것이고 좋은 생각도 따라 나올 것이다.

좋은 생각이야말로 행복으로 가는 지름길이 아니던가?

기억

주말에는 잠을 푹 잘 수 있어서 늦은 아침에 차를 몰고 작업실로 가는 길은 항상 즐겁다. 운전 중 불현듯 작업에 대한 아이디어가 떠오르고 펼쳐졌다. 구체적인 과정과 결과물까지 상상하고, 혹시 잊어버릴까 걱정돼 잠시 차를 세우고 메모를 했다.

갑자기 다가와 내 앞에 펼쳐지는 생각은 때론 너무 빨라 내가 따라가지 못할 때도 있다. 나에게 우호적인 도깨비는 나보다 성질이 훨씬 더 급한 것 같다. 그렇게 나에게 호의적이었던 시간은 금세 지나가 버린다. 나중에 급하게 끄적인 메모를 보며 그 당시를 떠올려 보려고 하지만, 그 순간에 느꼈던 느낌은 좀처럼 되살아나지 않는다. 도저히 완성할 수 없거나, 그냥 조잡한 아이디어였다는 생각밖에 들지 않는다. 반짝였던 그 시간은 떠났고, 다시는 돌아오지 않았다. 그때 펼쳐진 세상은 지금 내가 사는 세상과는 다른 차원의 세계였거나, 아니면 내가 무인가를 놓쳤던 것이 분명하다. 단순하지만 펼쳐 놓으면 나타나는 무엇인가는 분명히 있었다. 생각이 빠르게 전개될 때 좀 더 구체적으로, 그리고 체계적으로 재구성하여 기억 속에 저장해야 했다.

어스름한 저녁, 나른한 상태에서 졸다가 갑자기 떠오르는 생각도 있다. 갑자기 어떤 한 장면이 불쑥 나타나기도 하고, 때로는 하나씩, 마치 문을 열고 들어가 전등을 켜면 보이는 것처럼 떠오르기도 한다. 평소에는 별것이 아니었다고 생각했던 것들이나 까맣게 잊어버렸던 것들도 예고 없이 하나씩 나타난다. 왜 이렇게 되는지 모르겠다. 반드시 어떤 의미가 있어야 기억의 창고에서 꺼내지는 것은 아닐 것이다.

나는 직업적으로 근거가 있어야 믿고 실행하는 사회에서 오래 살아왔다. 그래서 나는 내가 떠올리는 모든 것이 나름의 이유와 결론을 지닐 것이라 단정해 버리곤 한다. 그러나 그것들은 단순한 우연의 결과일 수도 있고, 뇌의 복잡한 회로가 잠시 한눈을 팔았던 것일 수도 있다. 오히려 실제와 상상 사이에서 떨어져 나온 파편 조각들이 나의 삶을 더욱 다양하고 풍부하게 만들 수도 있다. 지난 과거가 잠시 얼굴을 바꾸고 슬며시 나타난 것이라면,

그 속에서 의미를 찾는 일은 어렵지 않을 것이다. 그 결과가 나를 불편하게 할지 아니면 기쁘게 할지는 알 수 없다. 지금까지의 경험으로 보면 나를 힘들게 하는 것이 대부분이었다.

몸과 마음을 좀 더 단련할 필요가 있다.

Log planter, 1800 x 600 x 350, yellow pine

나무를 구입할 때마다 도움을 주던 제재소 사장이 오래 방치되었던 커다란 원목을 원하면 가져가라고 했다. 그 원목을 가져와 반으로 잘라서 가운데를 파내고 꽃을 심었다. 걸터앉을 수도 있고, 따뜻한 봄이 되면 양측에 의자를 놓아 야외테이블로 사용하면 분위기가 만점이다.

운, 재능, 선택

　삼대가 독자로 이어지던 우리 집안에 둘째 아들로 내가 태어난 후 할머니는 얼마나 좋아하셨는지 한 번도 그냥 나를 바닥에 내려놓지 않으셨다고 한다. 내가 두 돌도 되지 않아 돌아가셔서 할머니의 모습을 전혀 기억하지 못한다. 하지만 내가 받았던 할머니의 특별했던 따뜻한 사랑은 살아오면서 보이지 않는 어떤 형태로 느낄 수 있었다.

　고모님은 내가 어렸을 때 항상 나를 "영박사"라고 부르면서 의사가 되라고 하셨다는데 왜 그렇게 부르기 시작했는지 아무도 이유를 모른다. 고모 덕분에 나는 의사가 되었고, 박사학위도 취득했다. 대학을 마치고 같은 실습 조에 속했던 여학생과 눈이 맞아 결혼했다. 딸과 아들이 태어났고, 지금은 두 손자가 잘 자라고 있다. 아내는 나의 든든한 후원자이면서 동시에 자유분방

한 내 마음을 잡아주는 안내자이다. 다인의 시선에서 보면, 나의 삶은 꽤 성공적이라고 말할 수도 있을 것이다.

하지만 "사람은 달과 같아서 어두운 부분이 있는 법이다"라는 마크 트웨인(Mark Twain)의 말대로 부끄러운 일, 숨기고 지금까지 말하지 못한 것들이 많이 있다. 어떤 부분은 기억하기 싫어서 애써 무시한다.

나는 운이 좋았던 것일까? 아니면 선택을 잘했다고 말할 수 있을까? 내가 속한 사회가 나에게 호의적이었을까? 세상은 우리 개개인에게 결코 친절하지도, 특별히 관심을 가지지도 않는다는 점을 나는 잘 알고 있다.

상쾌한 날씨에 가벼운 마음으로 산행을 나갔던 젊은이는 발을 삐끗하여 걸을 수 없게 되고 폭풍우가 밀려오는 바람에 고립되어 추위에 떨다가 죽을 수도 있다. 그는 몇 시간 전만 해도 자연을 찬미하고 자신이 얼마나 행운아인지를 깨달으며 행복하게 산길을 걷고 있었을 것이다.

폭풍우가 물러간 다음 날 아침에는 어김없이 따뜻한 태양이 떠올라 대지를 데우고, 오리 한 쌍은 새끼들을 데리고 길을 건널 것이다. 나는 차를 멈추고 천방지축 돌아다니는 새끼 오리들을 바라보며 미소를 짓는다.

이런 세상에서 누군가는 살아야 하는 타당한 이유를 찾으라고 했고, 다른 어떤 사람은 부조리한 것에 저항하여 맞서 보라고 했다. 어떻게 살아야 할지는 각자의 선택이다. 누군가는 "본능에 충실하라, 자신이 선택하고 밀고 나가라, 자신을 믿어라"라고 말한다. 나의 본능과 선택은 믿고 맡길 만한 것일까?

어떻게 될지는 아무도 모른다. 나는 계속하여 선택하고 목표를 향해서 꾸준하게 밀고 나갈 것이다. 언제 멈추고 포기해야 할지 결정하는 것은 중요한 일이지만, 이를 잘하기 위해서는 경험과 꾸준한 단련이 필요하다.

우리는 어떤 사람의 현재 모습만 보고 그의 인생 전체를 단언할 수는 없다.

1950 x 900 x 800, maple tree, fabrics

단풍나무는 수질이 단단하고 껍질이 벗겨지지 않아 작업하기 좋은 소재이다. 따뜻한 겨울에 쳐낸 가지를 이용하여 비스듬히 누울 수 있는 벤치를 만들었다. 잘라낸 가지 끝이 날카롭게 보여 솜조각을 덮고 천으로 감싸서 부드럽게 만들었다. 결과는 만족스러웠고 해가 잘 들어오는 창가에 놓고 책을 읽거나 졸릴 때 사용하고 있다.

일상의 반복은
시간을 좀 먹는다

같은 일을 반복하다 보면 지루해지고, 익숙해진 것 같지만 의외로 실수도 많아진다. 집중하지 않기 때문이다. 지루하면 지치게 되고, 지치면 자신이 처음에 세웠던 목표를 이루지 못하게 된다.

삶의 목적을 찾는 일은 여행을 계획하는 것과 같다.

목적지를 모르면 표를 살 수 없다. 모르는 곳에 간다는 사실은 걱정스럽지만 동시에 기대와 흥분을 일으킨다. 여행 중 겪게 되는 다양한 경험은 예상했던 것 이상으로 효과가 오래 간다. 같은 일을 반복하더라도 기분이 좋으면 반복하는 행동 하나하나가 조금씩 다르고 새롭게 느껴지기도 한다. 집중하다 보면 벌써 마칠 시간이 된 것을 알게 된다. 하던 일을 개수까지 세어가며 겨우 마쳤는데 한 시간밖에 지나지 않았고, 지금까지 한 만큼 더 해야 한다는 끔찍한 기분에 사로잡힐 때도 있다.

나의 주관적인 시간이 늘어난다고 반드시 유용한 것은 아니다. 주어진 시간을 여유롭게 충분히 즐길 자세가 필요하다. 시간을 붙잡기 위해서는 기억에 남을만한 새로운 경험을 늘려야 한다. 카이로스(Kairos)*가 선물한 것을, 하지만 서두르지는 말고, 즐겨야 한다.

새로운 경험은 나의 주위에 널려있다. 매일 걷는 길을 바꾸어 보는 것, 새로운 사람과 만나는 것, 새로운 음식을 시도해 보는 것, 그리고 새로운 음악을 들어보는 것들이다. 비가 오면 그 장소를 더욱 잘 알 수 있게 해주는 것과 같다. 빗물이 스며들면서 풍기는 구수한 흙의 냄새는 우리가 몰랐던 그 장소의 새로운 인상을 강하게 남기기도 한다. 내가 비를 좋아하는 이유 중 하나이다.

같은 일을 반복하면서 발생하는 무료함은 게으름과는 다르다. 직업이란 게 그런 것이지 달리 무엇을 기대할 수 있겠느냐

---

*카이로스(Kairos): 그리스 신화에서 등장하는 시간의 신

는 냉소적인 태도를 가질 필요도 없다. 내가 반복하는 일의 최종결과를 한번 생각하는 것도 무료함에서 탈출하는 하나의 방법이다. 내 주위의 동료들도 마찬가지로 단순히 반복하는 작업을 하고 있다. 그러나 우리가 만들어 내는 결과는 새롭고 누군가에게는 꼭 필요한 것이 된다. 만약 그렇지 않다면 고집스럽게 일을 반복할 필요는 없다.

잔디를 깎은 후 다가오는 진한 풀 냄새, 비가 그친 다음 유난히 뚜렷한 장미의 향기, 흐린 날 시골집 낮은 굴뚝에서 내리깔리는 고소한 냄새처럼 좋은 인상을 남겨주는 사소한 일들은 우리 주위에 널려있다.

순간을 특별하게 만들어 낼 수 있는 방법은 의외로 쉬울 수도 있다.

580 x 320, strawberry flowers, acrylic plate

사소하게 보이는 것도 모아 놓으면 특별하게 보인다. 하얀 딸기꽃
이 만발했는데 잎에 가려 눈에 잘 띄지 않았다. 꽃은 작아도 자세
히 보면 하나하나가 예쁘고 사랑스럽다. 아쉬웠던 점은 아크릴을
부어서 꽃을 고정하니까 탈색되면서 전혀 다른 모습으로 나타났
다. 아름다움을 기억으로만 남겨두기에는 우리들은 욕심이 너무
많다.

익숙하고 소소한 것에서
희망을

"길을 가다가 돌을 들추면 그때마다 시인 다섯 명이 튀어나온다."

파블로 네루다(Pablo Neruda, 시인)가 쓴 구절을 읽고 감탄했다. 이런 표현을 할 수 있으니 위대한 시인으로 칭송받는 것은 당연하다. 원래의 의미는 세계 문학사에서 평가 절하된 라틴문학의 위대함을 말하는 것이었다고 하지만 나는 조금 다르게 받아들였다. "세 사람이 길을 가면 그중 한 명은 나의 스승이다"라는 논어의 구절과 나란히 놓고 생각을 펼쳐 보고 싶었다.

우리는 항상 큰 것, 특이한 것, 예쁘게 보이는 것들을 추구한다. 정작 원하던 것을 얻지도 못하면서 계속 새로운 것을 찾으려 한다. 마치 어디서 잃어버렸는지 모르는 반지를 가로등 불빛 아래에서 찾고 있는 격이다. 작은 것, 사소하게 보이는 것에서도 내가 원하는 것과 중요한 의미를 찾을 수 있다.

나무를 뒤덮은 화려한 벚꽃보다 돌계단 아래 멈추어 자세히 봐야 찾을 수 있는 제비꽃 한 송이가 나에게 더 큰 감동을 주기도 한다. 친구들과 모여 대화하다 보면 상대가 나에게 전달하고자 하는 내용은 귓등으로 흘려버리고 틀린 것, 잘못된 것만 찾으려 한다. 친구의 장점도 집중해야 찾을 수 있고, 때로는 그의 단점이 나를 더 깨우치기도 한다.

나는 작은 돌을 들추면서 무엇을 기대할까?

미처 고개를 들지 못한 꽃봉오리를 찾을 수도 있고, 먹이를 물고 힘들게 돌아온 개미가 굴로 무사히 들어가게 해줄 수도 있다. 항상 하던 일에 익숙한 나머지 가깝고도 손쉽게 다가갈 수 있는 곳을 무심하게 지나치거나 무시한다. 새로운 것은 눈에 띄는 특별한 것이어야 한다는 선입관이 사소한 것에서 발견할 수 있는 중요한 부분을 놓치게 한다. 낙관적인 것은 항상 좋은 결과를, 비관적인 것은 역시 나쁜 일에 연결될 거라는 고정관념을 고쳐야 한다.

티베트 속담으로 알려진 '걱정해서 걱정이 없어지면 걱정이 없겠네?'라는 자조적인 포기선언은 잠시나마 나를 위로해 주지만 발상의 전환을 하는데 장벽이 될 수 있다.

매일 같은 시간에 어제와 같은 일을 반복하더라도 익숙한 것, 무심하게 보이는 소소한 것에서 새로운 발견과 희망을 찾을 수 있다는 생각을 잊지 말아야 한다.

250 x 160, Cherry, velvet

목공 디자인 책에서 발견하고 몇 개 만들어 보았
는데 아내의 반응이 좋았다. 결혼할 젊은 부부에게
선물했는데 예쁘다고 하면서 좋아했지만 바느질을
해본 적도, 앞으로 할 뜻도 없다고 했다. 일단 건너
간 선물인데 돌려 달라고 할 수도 없었다.

2부   예술이 건네는 위로, 음악이 흐르는 시간

30세 작곡가와 95세 연주자

이제 낮이 짧아져서 작업실로 오는 길이 벌써 어둡다. 작업실에 도착한 후, 유튜브에서 모차르트를 골랐다. 메나헴 프레슬러(Menahem Pressler, 피아니스트)가 95세에 연주한 23번 피아노 협주곡이다. 작곡가보다도 65년의 연륜을 더 쌓은 노장의 연주는 어떨까? 청중은 협연자의 어떤 모습을 기대했을까? 의도적이든 아니든 좀 더 밝게, 즐겁게 시작하고 싶지 않았을까? 고령의 대가를 맞이하는 오케스트라의 바이올린 파트는 밝고 경쾌했다. 무대로 나올 때 구부정한 모습과는 달리 날렵한 피아노 음으로 연주가 시작되었다. 건반의 터치는 가볍지 않았지만 템포는 완벽한 '젊음'이었다. 트릴이 무거워 감정적인 젊은 연주자가 아닌

나는 리차드 롱(Richard Long , 조각가)의 작품을 매우 좋아해서 기회가 될 때마다 직접 찾아가 감상했다. 평소에 관심이 가지 않는 자연의 사물에서 끌어내는 그의 설치 예술은 다양한 크기의 원으로 표현되었고, 이 점이 나에게 깊은 울림을 주었다. 오래된 느티나무 조각을 밝은 단풍나무와 대비시켰다. 롱의 작품에서 자주 보이는 둥글게 깔아놓은 돌 대신 나무에 홈을 파고 여기에 나와 어머니의 집게손가락에 페인트를 묻혀서 교대로 찍었다. 오래전 돌아가셨지만 나와 함께 이 작업을 하면서 즐거워하시던 어머니의 가느다란 손가락의 따뜻한 체온이 내 손을 통해 지금도 느껴진다.

것은 바로 알 수 있었지만 나에게 전달되는 느낌은 편안했다. 얼마나 오랜 연주의 삶이었는가? 보자르 트리오의 여정을 넘어서 독주자로서, 그리고 교육자로서의 그의 삶은 위대했다. 연주 중 피아니스트는 좌측 손이 잠시 쉴 때면 손을 들어 템포를 조절했다. 이것은 오케스트라 연주자를 위한 것이 아니고 자신을 위한 것이었다. 지금이 최고의 순간은 아니지만 오랜 시간 음악과 함께 했던 행복한 시절의 템포를 찾아가는 것이었다.

나이가 들어가면서 사람들은 무료함을 자주 느끼게 된다고 한다. 그래서 선인들은 우리에게 소소한 삶 속에서 즐거움과 의미를 찾으라고 조언했다.

오늘 연주자는 무료함 속에서도 작은 즐거움을 회상하고 그것의 의미를 깨달으라고 나에게 직접 가르쳐 주고 있었다. 음악은 따분한 순간을 특별하게 바꾸는 마법이 있다.

550 x 250, zelkova, ebony

실내악에 대한
아주 개인적인 생각

가깝게 지내던 기타리스트를 위하여 제
작했다. 기타의 소리는 크지 않으나, 아름
답고 조화로운 화음이 이를 보상한다. 연
주자의 특성을 고려하여 조금 화려하게
만들었고, 의자와 함께 작은 가방에 접어
넣을 수 있도록 했다.

450 x 350 x 550, maple, purple heart, walnut

이중주(Duo)는 둘 사이의 대화이다. 대부분의 사람들이 그렇
듯 정확한 균형은 힘들다. 우연히 만나 연인으로 발전하고 부
부로 완성되는 우리들이 살아가는 모습도 비슷하다. 처음에는
단순하게 느껴지나 시간이 지나면서 심상치 않은 의미가 하나
씩 나타난다. 연주자들이 작곡가의 의도를 얼마나 우리에게 전
달하는지는 또 다른 문제이다. 누군가가 음악회가 끝난 후 연

주가 어색하고 이상했다고 말하면 나는 해석의 차이 때문이라고 하면서 살짝 발을 뺀다. 음악은 우리의 삶과 같아서 많은 경험과 인내, 그리고 훈련이 필요하다.

삼중주(Trio)는 다리가 세 개 달린 의자와 같다. 바닥이 고르지 않아도 쉽게 자리를 잡는다. 연주가 진행되면서 세 연주자 모두가 동시에 같은 의견을 내는 경우는 생각보다 많지 않다. 세 명의 연주자는 가족과 같아서 매우 즐겁게 수다를 떨기도 하지만 역시 평온을 지속하기는 어렵다. 그래서 가끔 한 연주자는 자신의 주장을 포기하고 상대를 거스르지 않는 범위 내에서 자기 혼자 중얼거린다. 오히려 이러한 순간에 청중들은 편안함을 느낀다. 시간이 지나면 역할이 바뀌기도 한다. 청중은 이렇게 반복되는 과정에 익숙해진다. 계속 웃고 다투고 울기도 하다가 마지막에는 화해한다.

사중주(Quartet)는 영원하고 안정적이며 완벽한 조화를 자랑하지만 이를 만들어 주는 환경이 중요하다. 연주자는 각자 의견을 내기도 하지만 항상 대장이 있어서 전체의 흐름에서 이탈하지 않도록 조정한다. 민주적인 것 같지는 않다. 중간쯤에 느리게 하나의 화음을 들려주기 시작하면 청중은 편안한 느낌에 몸을 뒤로 기댄다. 가끔 보수적이라는 생각이 들기도 한다.

오중주(Quintet)는 이해가 힘들 때도 있다. 악기가 늘어날수록 복잡해져서 실내악 연주(chamber music)와 구별이 어려울 때도 있는데 이는 순전히 나의 무식에서 기인한 것이다. 오중주에서 간혹 추가된 악기가 어떤 부분에서 아주 인상적인 연주를 들려주어 관객들에게 잊지 못할 기억을 남겨 주기도 한다. 슈베르트의 말년 작품인 현악 오중주에서 두 번째 첼로 주자의 피치카토는 나에게 항상 위로를 준다. 오중주의 마지막 부분은 대부분 깊은 안정감과 묵직한 신뢰감을 준다.

연주장에서

클래식 연주는 시대를 초월한 특별한 감동을 우리에게 전해 준다. 음악은 소리의 조합이지만 이것이 우리의 가슴을 울린다는 것은 신비로운 일이다. 청중은 연주를 추상적인 형태로 받아들이나 연주자는 작곡가의 의도를 구체적으로 우리에게 전달한다. 이는 소설이나 시보다 더욱 직접적으로 전달되는, 번역이 필요 없는, 범세계적인 언어다. 음악은 우리를 숭고한 세계로 인도해 주지만, 그렇다고 해서 우리가 반드시 나아진다고 말하기는 어렵고, 그렇다고 나빠진다고 말하기는 더욱 어렵다. 음악이 주는 긍정적인 에너지를 각자의 삶에 투영시키는 일은 음악을 듣는 사람의 마음과 행동에 달려 있기 때문이다.

대가의 연주가 아니더라도 동네의 작은 연주회장이나 버스 안에서, 때로는 시끌벅적한 식당에서든 어느 순간 사람들이 숨을 죽이면서 경청하게 되는 때가 있고, 이때의 감동도 긴 여운으로 남는다. 연주자가 전달하는 것은 단지 소리만이 아닌 그 이상의 느낌으로 우리에게 다가온다. 연주를 감상하다 보면 작곡가가 처음에 어떠한 계기로 이러한 악상을 떠올리고 다듬어 완성했는지 궁금해진다. 보르헤스(Jorge Luis Borges 소설가)는 그의 책을 자신보다 독자가 더 잘 알게 될 것이라고 했다. 작가의 원래 의도가 무엇이었든지 이미 많은 독자가 읽었다면 그들이 생각하는 의미로 바뀌기 때문이다. 프랑스의 철학자 자크 데리다(Jacques Derrida)도 텍스트는 문자에 대한 각자의 해석이라고 하지 않았던가?

내가 자주 감상하는 모차르트의 20번 피아노 협주곡은 그가 작곡한 것 중 드문 단조이고 장중하게 시작하지만 1악장 중간쯤에 갑자기 엉뚱하게 명랑한 조크가 나타난다. 마치 아이가 계단에서 뛰어노는 모습과 같다. 아이들은 같은 행동을 반복하지 않는다. 한 계단씩 올라가다가 내려올 때는 계단을 건너뛰기도 한다. 이 부분에서는 미소를 짓게 된다. 이 협주곡의 분위기는 무겁지만 내가 나름대로 해석한 이 짧은 소절로 인해 행복해지며 위로를 받는다. 늦은 밤 지하의 작은 재즈 연주장에

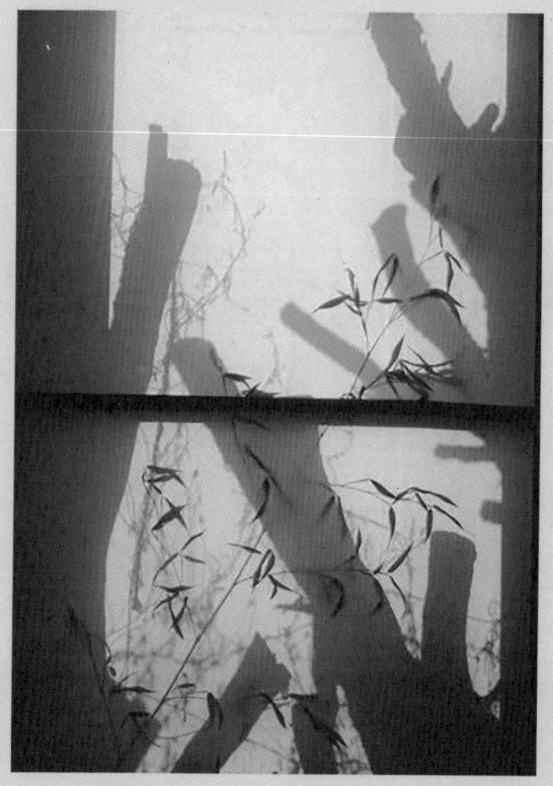

표백한 광목으로 창문을 가렸더니 오후의 햇살에 한 폭의 동양화가
탄생하였다. 때로는 직접 보는 것보다 조금 가려진 것이 사물의 의미
를 더 정확하게 전달해 준다.

서 느낄 수 있는 달짝지근한 담배 냄새와 함께 가슴으로 전달 되는 분위기를 즐기기 위하여 관객들은 소곤거린다. 처음 만나 는 사람과 익숙한 듯 인사를 나누고 의자의 안락함 속으로 빠 져든다.

서로 비슷한 것 사이의 연관성을 찾아서 어떤 체계를 만들 어 가는 것을 은유(metaphor)라고 하듯이 내 주위에서 일어나고 있는 현상을 나와 연결하고 그 속에서 공통의 의미를 찾으려고 한다. 나에게 예술(인문)을 즐긴다고 하는 것은 특별한 과정이 아니다. 내가 현재 무엇을 하고 있는지, 깊게 그리고 솔직하게 생각하면서 실행해 보는 것이다.

매사에 조금만 더 마음을 열고 미소를 짓게 된다면 나의 짧 은 인생에서 이보다 더 좋은 게 무엇이 있을까?

-예프게니 키신(Evgeny Kissin)의 2016년 인터뷰를 듣고 나서

콘서트가 중단되었을 때

우리나라의 콘서트 관람 문화는 이제 많이 성숙했다. 그러나 20여 년 전 세종문화회관에 로린 마젤(Lorin Maazel, 지휘자)과 뉴욕 필하모닉이 내한했을 때를 떠올리면 지금도 등에서 식은땀이 날 정도로 부끄러웠던 느낌이 남아있다. 연주가 진행되어 이제 막 2악장의 아다지오가 시작되었는데 이층 객석 가운데에서 무슨 소리가 들렸다. 관객 중 두 명이 아마도 오랫동안

350 x 500, mahogany

여행 중 구입했던 작품에 맞는 프레임을 만들었다. 한 계단씩 올라가려는 연주자의 숨겨진 노력을 표현하려고 얇은 마호가니를 교대로 쌓아 올렸다. 바탕은 피아노의 검은색으로 하여 건반을 두드러지게 하였다.

얘기하고 있었던 것 같은데 주위가 조용해지니까 말소리가 또렷하게 들리게 된 것이었다. 마침내 지휘자는 연주를 중단하고 소리가 나는 방향으로 돌아섰지만 소곤거리는 소리는 계속되었다. 끝내 안내 직원이 들어와서 그 관객을 데리고 나간 다음 연주를 다시 시작할 수 있었다.

연주장의 발전 과정을 보면 어느 시대에는 연주 중에도 먹고 마시고 떠들기도 했고, 아무 때나 박수치고 환호하고 야유를 보내기도 했다고 한다. 지금은 연주장의 규모도 크고 다양한 형식의 연주를 하다 보니 청중의 조용한 감상이 필수가 되었다. 대화는 둘이 하는 것이지 관계없는 남이 들으라고 하는 것이 아니다. 지금 같으면 상상할 수도 없는 일이었다. 당시 지휘자는 곡을 중단하는 것 외에는 다른 선택이 없었을 것이다.

뉴욕 링컨센터의 엘리스 툴리 홀(Alice Tully Hall)에서 현악4중주를 감상하고 있을 때였다. 난데없이 객석 가운데서 모차르트의 아이네 클라이네 나하트 무지크(Eine Kleine Nacht Musik)가 흘러나왔다. 모두 놀라 돌아보니까 어떤 할머니가 주머니에서 핸드폰을 찾고 있었는데 당황해서 빨리 꺼내지도 못하고 있었다. 물론 연주는 중단되었다. 결국 핸드폰은 꺼졌고 음악도 멈쳤다. 조금 전까지 4중주를 연주하던 악장이 눈짓을 하자 모차르트의 바로 그 음악을 이어갔고 연주를 마치자 연주자들은 일어나 관객에게 인사를 했다. 청중은 환호하였고 열정적인 박수와 함께 분위기가 완전히 전환되었다. 퇴장했던 연주자는 열렬한 박수를 받으며 다시 등장해서 아까 중단했던 악장을 처음부터 연주했다. 연주는 훌륭했고 만족한 관객들은 연주를 칭찬하며 퇴장했다. 긴장했던 연주장은 큰 숨을 내쉬었다.

그 할머니의 심정을 헤아려봤다. 누구보다도 연주자에게 깊은 고마움을 느꼈을 것이다. 나이가 지긋했던 첼로 연주자의 모습도 눈에 선하다. 연주 중 활줄이 몇 개 끊어져 너덜거리게 되자 연주 중 기획되었던 행위인 것처럼 자연스럽게 활줄을 떼어 냈다. 길게 늘어뜨린 반백의 머리카락과 첼로의 현과 활, 모두 하나가 되어 움직였다.

나에게 이 모습은 몽환적인 발레의 한 장면으로 가슴에 새겨졌다. 확실히 프로는 프로답게 행동한다.

인상과 기억

러시아 속담에 "옷차림으로 손님을 맞이하고 인품으로 배웅한다"라는 말이 있다. 나는 이 글귀가 좋아서 강의를 시작할 때 자주 사용하곤 했다. 이 말을 넓게 해석하면 실황 연주의 감상에 적용하기 좋다. 좋아하는 연주자의 음원을 이제는 손쉽게 고품질로 접할 수 있지만 실황 연주에서 느낄 수 있는 감동은 전혀 다르게 다가온다. 녹음된 소리를 가지고 아이를 달래기가 어렵다고 하지 않는가? 연주자의 경력을 보고 구입한 티켓으로 체험하게 된 실황 연주의 경험은 나만의 주관적인 인상으로 내 몸에 저장된다. 타인이 느끼는 느낌과 같을 수 없다. 미술작품에서 느끼는 인상도 음악과 별반 다르지 않다. 매일 다니던 길이라도 어떤 날은 마치 처음 보듯이 놀라고 오래 기억에 남기도 한다. 시간이 지나면서 경험했던 인상들은 희미해지고 변형을 거치면서 영화의 한 장면처럼 저장된다. 이 러한 기억은 그 사람에게 하나의 추억이 되는 것이다. 우리가 일상적으로 경험하는 일도 별로 다르지 않다. 내가 감동했던 연주자는 무심코 내 앞을 지나가던 행인과 같을 수도, 가까이 지내는 가족이 될 수도 있을 것이다. 때로는 내가 상상하던 모습이 순환하여 다시 나에게 영향을 주기도 한다. 아무것도 아닌 것으로 그냥 지나가 버리는 것은 없다. 단지 우리는 너무 빨리 걷고, 쉽게 잊는다. 순간의 의미를 붙잡고 지금 이 순간의 즐거움을 만끽할 수 있는 시간을 확장하는 카이로스(Kairos)˙와 카르페 디엠(Carpe diem)˙˙을 생각해야 하는 이유가 바로 여기에 있다.

˙ 카이로스(Kairos, kyrus):

　　　　그리스 신화에 등장하는 기회, 행운의 신
˙˙ 카르페 디엠(Carpe diem):

　　　　"오늘을 붙잡으라"는 의미의 라틴어

900 x 750, walnut burl, walnut

어렵게 구입한 커다란 호두나무 옹이(burl)를 잘라서 만들었다. 기본적인 오일만 발라놔도 사용하면서 나무 자체에서 배어나는 기름에 의해 아름다운 색이 오래 유지된다. 모든 테이블이 그렇듯 상판 못지않게 다리를 만드는 일이 중요하고 어렵다. 튼튼한 뿌리로 서 있는 한 그루의 나무처럼 위에서 아래로 자연스럽게 연결되도록 구상했다.

루빈스타인

오늘은 주중이지만 휴일이다. 이른 새벽에 깨어났지만 몸이 무겁고 불편해서 얼마나 뒤척였는지 모른다. 대학에서 은퇴 후 쉬려던 계획을 변경하고 다시 직장인이 되어 근무한 지 벌써 1년 하고도 반이 지났다. 일어나 움직이기 시작하니까 몸이 서서히 풀린다. 60이 넘어서도 아침에 일어나 몸이 가뿐하면 정상이 아니라는 누군가의 말이 생각나 미소를 짓는다.

휴일 아침, 목공 작업실로 가는 길은 항상 즐거운 시간이다. 라디오에서 루빈스타인(Arthur Rubinstein, 피아니스트)이 협연하는 베토벤 5번 1악장이 화려하게 시작되었다. 나의 늘어졌던 마음을 당겨주는 화려한 음정들이 만든 프랙털*이 눈앞에 펼쳐진다. 과장된 감정을 피하면서도 화려함과 당당함을 보여주는

*프랙털(fractal): 일부 작은 조각이 전체와 비슷한 자기 유사성을 갖는 기하학적 형태가 무한히 반복되는 구조

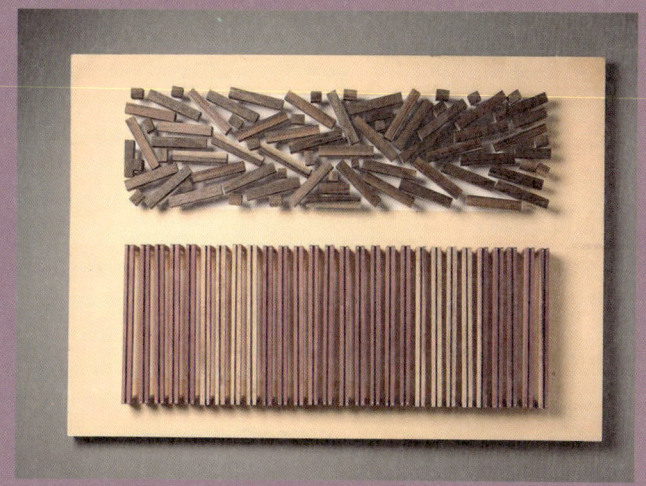

850 x 500, pine, purple heart, ebony

복잡해서 풀기 어려웠던 과거의 나를 정리해 보여주고 싶었다. 나무 파편들 뒷면에
칠한 붉은 색이 바닥에 희미하게 반사되는 그림자가 아직 제대로 파악하지 못한 나의
모습이었을 것이다. 집중하면 언뜻 보이기도 하는 모호한 부분을 구체화하는 것이 나
의 남은 삶 동안 풀어야 할 숙제이다.

그의 모습은 크리스티안 짐머만(Krystian Zimerman, 피아니스트)의 완벽함과는 다른 완숙함으로 다가와 들려주는 이야기가 내 몸 안으로 스며든다.

그의 인생 후반기에 연주한 그리그 피아노 협주곡 1번은 특히 내가 선호하는 곡인데 앙드레 프레빈(Andre Previn, 지휘자/ 피아니스트)의 지휘로 런던심포니와 협연을 하면서 달관한 인생의 단면을 보여주었다. 슈만에서 쇼팽의 분위기로 넘어가는 2악장을 시작하기 전 그는 눈을 감고 있었다. 첼로의 독주에 그는 눈을 떴고, 오보에가 선율을 이어받자 이제 연주자로 돌아왔고, 호른의 멀어져 가는 피아니시모가 끝나기 전 드디어 자신의 얘기를 들려주기 시작했다. 먼 과거를 회상하며 의미 있던 기억을 끌어당긴 후 연주자의 손은 움직이기 시작했다.

바로 이 부분이 내가 진정 원하는 노년의 모습이기도 하다.

행복한 상념이라는 것이 정확히 무엇을 말하는 것일까?

깨달음의 여운은 얼마나 지속될 수 있을까?

평소 해보고 싶었던 것을 하나씩 시도해 보려고 했지만 쉽지 않았다. 젊었을 때는 그렇게 그리워하고 나름대로 준비도 했던 것이지만 막상 마주치게 되니까 무엇을, 어떻게 시작해야 할지도 모르게 되어버린 것이다. 은퇴 후 다시 시작한 일도 처음 직장을 가졌을 때 같이 긴장하면서 배우고 적응해 나가던 그러한 열정이 필요했다.

취미는 내가 좋아서 그리고 나를 즐겁게 하려는 것이지만, 시작하고 진행하는 단계에서는 직업 못지않은 노력과 집중, 그리고 많은 시간이 필요하다는 것을 새삼스럽게 깨닫게 된다.

내가 하는 일에서 살아가는 의미를 찾을 수 있을까?
좀 더 잘 된다면 타인에게도 작은 삶의 의미를 전해줄 수 있을 텐데.

Don't fall in love with dreamer

400 x 80 x 150, cherry, maple

하우스 콘서트가 끝나고 가벼운 파티를 하면서 도움이 될 수 있는 것이 무엇이 있을까 생각하다가 어디선가 본 적이 있는 트레이를 만들어 보기로 하였다. 몇 개의 잔과 와인을 동시에 한 손으로 들 수 있고 쉽게 넘어지지 않아 오랫동안 유용하게 사용했다.

몽상가와 사귀면 재미는 있지만 실생활에 별로 도움이 되지는 않을 것 같다. 황당한 꿈속에 빠져 좀처럼 현실로 돌아오려 하지 않기 때문일 것이다. 이러한 경험은 가끔 나에게 다가오기도 한다. 콘서트에 몰입하다 보면 나는 현실과 다른 세계에 들어간다. 연주자가 만들어 내는 음과 움직임을 보고 있으면 어느 순간 나의 상상은 다른 곳을 여행한다.

마르셀 프루스트(Marcel Proust, 소설가)의 소설 '잃어버린 시간을 찾아서'에서 오데트의 냉담한 반응에 마음 아파하던 스완은 저녁 파티에서 어떤 연주를 접하게 된다. 현악기의 소리는 메조 소프라노 가수처럼 부드럽고 친근하게 다가왔다. 연주자는 보이지 않았으나 음악은 공간을 돌아 그에게 도달했고, 그의 발목을 감싸며 올라오기 시작했다. 마침내 얼굴 가까이 접근하자 스완은 자신의 아픈 마음을 얘기하고 싶었다. 그 순간 음악은 가벼운 온기만 남기고 떠나가 버렸다. 안타까웠지만 그의 마음은 조금 편해졌다.

몽상이 익숙해지지 않는다면 음악에 좀 더 깊게 들어가기도 어렵겠다는 생각이 든다. 의사와 연주자는 공통점을 가지고 있다. 둘 다 사람을 치료한다는 것이다. 다른 점도 있다. 의사가 실수하면 환자가 죽는다. 그러나 연주자가 실수하면 자신이 죽는다. 둘 중 어떤 직업을 선택하는 것이 좋을까?

내 생각에는 열심히 하면 괜찮은 의사는 될 수 있을 것 같다. 그러나 열심히 한다고 훌륭한 연주자가 될 수 없다는 것에 대부분의 사람들이 동의할 것이다.

Walking in the air

2023년 BGT(British Got Talent)에서 말라카이 바요(Malakai Bayoh)는 아깝게 결선에 오르지 못했다. 내가 여태까지 들었던 어떤 보이소프라노보다 뛰어난 아름다움과 순수함이 그의 목소리에 들어 있었다. 반짝하고 사라져 버리는 짧은 생명을 가진, 다시 돌아갈 수 없는, 소리이기 때문에 더욱 생생하게 들렸는지도 모른다. 마치 우리 인생의 축소판을 보는 느낌이 들었다. 그의 도전은 여기서 끝나지 않고 계속되어 데카레코드에서 음반을 기획했던 전설적인 보이소프라노 알레드 존스(Aled Jones)와 같이 부른 '오 홀리 나이트(O Holy night)'는 영국에서 음반 차트 1위를 차지하기도 했다.

알레드 존스는 자신이 10대 초반이었을 때 이미 누구도 누리지 못한 영광을 누렸다. 그때를 잊지 못해 40년 전 과거의 사

600 x 300, zelkova, walnut, finger paints

플라타너스를 자르던 중 인상 깊은 무늬를 발견했다. 여기에 어머니와 나의 집게손가락에 흰 페인트를 찍어 둘만의 무지개를 만들었다. 시간은 많이 지났지만, 어머니와 즐거웠던 순간이 나무 위에 그대로 새겨져 있어서 볼 때마다 나는 그때의 젊은 시절로 돌아간다.

진과 듀엣으로 불러서 발매했던 '워킹 인 디 에어(Walking in the air)'를 이번에는 말라카이와 듀엣으로 불렀다. 나의 개인적인 취향으로는 말라카이의 발성이 더 어울리고 맘에 든다.

어떤 철학자는 매일 자고 깨어나는 것도 하나의 작은 죽음을 반복하고 있는 것이라고 했다. 아이가 자라서 변성기를 맞는 사춘기는 인생의 새로운 시작이기도 하지만, 그가 지녔던 아이의 목소리는 죽음을 맞는 시기도 되는 것이다. 새로운 변

화를 맞이하는 시기에 어떻게 과거에 쌓아온 경력을 더 할 수 있겠는가? 알레드 존스는 바리톤으로 전향했고 지금은 BBC 방송의 진행자와 배우로 활발한 활동을 하고 있다. 가수로서의 삶은 성공적이라고 할 수 있지만 자신의 어릴 적의 명성에 아직도 기대어 살고 있는 느낌이다.

보이소프라노의 목소리는 다른 가수가 범접할 수 없는 순수함이 들어있어 교회 음악으로 자주 사용되고 있다. 짧은 기간 많은 훈련을 쌓았던 보이소프라노는 변성기를 맞으면 낮아지는 음에 맞추어 성악을 계속 이어가기도 한다. 노르웨이 출신의 악셀 리크빈(Aksel Rykkvin)의 경우가 그러한 예이다. 사춘기 전 뛰어난 보이소프라노였던 그는 변성기를 거친 후 바리톤으로 전향했다. 20세가 되기도 전에 그가 연주한 슈베르트의 가

곡은 이미 정상급이다. 앞으로 무궁한 발전을 마음속으로 기대한다. 나이 들어감도 이렇게 자연스럽게 연결될 수 있다면 얼마나 좋을지 생각한다. 오래전 나는 시를 하나 썼는데 그 내용이 '워킹 인 디 에어(Walking in the air)'의 가사와 너무 닮아서 깜짝 놀랐다.

하늘을 유영하면서 멀리 보이는 우리들의 작은 일상을 바라본다는 것은 누구에게나 이루고 싶은 꿈일지도 모른다. 젊은이들이 행글라이더에 빠져드는데 나름의 이유가 있다.

무정한 마음
(Core 'ngrato / Salvatore Cardillo곡)

이 노래를 들을 때마다 가슴이 뻐근해지고 목구멍 깊은 곳에서 무언가 치밀어 오른다. 개인적으로 스테파노(Giuseppe di Stefano, 테너)를 매우 좋아하기 때문이기도 하지만, 이 노래만큼은 그의 연주가 최고다. 티 없이 맑은 그의 순수하고 밝은 목소리는 낭만주의자의 전형적인 아름다움으로 내 맘속에 쌓인다. 자신에게 마음을 주지 않고 떠나간 여자의 무정한 마음을 원망하는 스테파노는 기가 막힌 피아니시모로 아픈 마음을 더 집중하게 만들며 청중을 끌어당긴다. 실연한 젊은이가 오죽했으면 신부에게 가서 어떻게 할지 물었겠는가? 이 노래에서 '떠나 버린 무정한 여인'은 나에게는 지나가 버린 '젊음의 아름다움'이다. 젊음은 나를 떠났다. 그립고 안타까운 마음을 가지기에는 그녀는 너무 멀리 가버린 것이다. 내 젊음의 어떤 부분을 그렇게 그리워하는지 정확하게 말할 수 없다는 사실이 나를 더욱 초라하게 만든다. 버림받던 그는 방황했지만 결국 잘 극복했을 것이다. 분주하게 음식을 준비하고 있는 아내와 귀여운 아이의 모습에 행복을 느끼며 가끔은 오래전 그를 떠났던 여인을 떠올리기도 할 것이다. 그때의 불같던, 안타까웠던 열정은 바로 이 순간을 위하여 타올랐던 것인지도 모른다.

　아무 일도 하지 않으면 편할 수 있겠지만 변하는 것도 없을 것이다. 내가 방황하고 노력했듯이 자식들도 그들의 삶에서 도전과 시도가 있으면 한다. 그리고 참 어려운 말이지만 바르게 살기를 원한다. 실패와 좌절은 피할 수 없겠지만 잘 극복하기를 바랄 뿐이다. 나에게도 열정을 가지고 헌신했던 일들이 있었다는 기억과 아직 남아있는 열정으로 나머지 삶을 유지해 나갈 것이다.

500 x 200 x 1000, walnut, maple

스피커 받침대로 사용하려고 만든 것이다. 스피커가 상대적으로 커서 다리가 조금 불안정하게 되었지만, 스피커에서 나오는 음질을 잘 전달해 준다.

오슬로(Oslo)

냉장고에 남겨놨던 와인을 생각 없이 모두 마셔버린 대가가 컸다. 어지럽고 몽롱하고 피곤은 몰려오는데 잠은 오지 않았다. 뒤척이다 잠시 잠이 들었던 것 같은데 두 시간도 되지 않아 한밤중에 깨버렸다. 불편한 신체와 몽롱한 정신은 가장 끔찍한 조합이다. 처음에는 적응했다 싶었던 시차를 아직 극복하지 못한 것이다. 커피를 내리고 책을 읽고 유튜브를 돌려보다가 일찍 아침 식사를 마치고 밖으로 나갔다.

지금은 9월 말인데도 낮은 아직도 더웠다. 북해의 바닷물은 얼음물 수준인데 사람들은 거리낌 없이 수영을 즐긴다. 구름이 밀려오더니 비가 내리고 소매 안으로 오슬오슬한 습기가 들어왔다. 이곳 사람들은 피부가 두껍고 털이 많아서 그런지 이런 날씨에도 반바지로 다니는 사람이 의외로 많이 보였다. 옛날

유럽의 왕이나 귀족들이 살던 성벽은 돌과 벽돌로만 지어져 겨울에 밖에서 스며든 냉기 때문에 벽 내부에 물이 흐를 정도였다고 한다. 두꺼운 털옷을 두르고 바닥에는 두터운 양탄자를 깔고 지냈다고 하지만 생각만 해도 끔찍하다. 우리나라에서도 뜨끈한 온돌은 옛날 서민들에게는 큰 사치였다고 한다. 창호지 한 장으로 겨울을 막아내기는 터무니없어 윗목

500 x 300, maple, various fabrics

아이디어가 떠올라 집중해서 작업하지만, 막상 완성하고 나면 사진 한 장 남기지 않은 채 구석으로 치워졌다가 사라진 작품이 꽤 많다. 이 작품은 우연히 사진 한 부분에 찍혀 남게 된 것이다. 여러 색의 실크를 덧댄 후 칼로 잘라서 한복 저고리와 치마 사이로 언뜻 비치는 속치마와 장신구들의 화려함을 표현하고 싶었다. 이 기법은 이미 오래전에 이탈리아 화가 루치오 폰타나(Lucio Fontana)가 나와는 전혀 다른 생각으로 시도했던 것을 한번 따라해본 것이다.

의 물이 얼고 아침 밥상의 동치미 그릇은 밥상 위에서 스케이트를 타고 다녔다. 나의 어린 시절의 겨울이 그랬다.

　뭉크 미술관에 갔다. 이 화가는 확실하게 자기만의 멜랑콜리한 분위기를 완성한 사람이었다. 이틀 전에 방문했던 암스테르담의 고흐 미술관과 비슷한 듯 다른 분위기가 느껴졌다. 나

에게 이 두 화가는 고독과 우울, 침묵으로 만들어진 두꺼운 선과 서로 대비되는 색의 거친 혼합을 느끼게 해주었다. 나처럼 시간에 구애받지 않고 혼자 여행하는 여행자에게 어울리는 분위기였다. 다른 화가와 마찬가지로 자신만의 개성을 완성하기 전에 거쳐야 하는 화풍의 변화를 두 화가에게서도 볼 수 있었다. 뭉크의 초기 작품을 보면서 아기가 태어나 자라는 과정이 떠올랐다. 태아는 처음에는 하나의 세포에서 시작한다. 세포가 하나씩 늘어나면서 점점 변하기 시작한다. 분열하고 증식하면서 어느새 어떤 모양을 갖추어 가지만 아직 타인과 구별이 되지 않는다. 방금 태어난 신생아를 보면서 부모 중 누구를 그대로 빼닮았다고 말하는 것을 들으면 나는 그냥 미소로만 대답했다. 아기는 자라면서 부모를 정말 닮아가기 시작한다. 그리고 좀 더 자라면 그 아기는 세상 누구와도 같지 않은 자신만의 고유한 모습으로 완성된다. 이 두 화가는 많은 초상화를 그렸다. 특히 자기 모습을 많이 그렸는데, 대부분 정면을 침묵으로 응시하고 있었다. 뭉크의 작품들을 감상하고 있는 나의 얼굴도 그림 속 얼굴과 비슷하게 변하고 있었다. 일찍 호텔로 돌아와서 침대에 들어갔다. 내일도 비슷하겠지, 오슬로 날씨같이.

3부   곁에 있는 것들을 더 깊이 사랑하는 법

두 개의 의자

이집트 아스완에서 버스를 타고 얼마나 남쪽으로 달렸는지 모른다. 드디어 이번 여행에서 가장 기대하던 아부심벨 사원을 볼 수 있게 된다는 기대에 마음이 두근거렸다. 인공으로 쌓아 올린 평범한 언덕을 돌자 갑자기 거대한 석상이 내 눈앞에 나타났다.

숨이 막힐 것 같았다. 주인공인 람세스 2세는 거대한 모습으로 '세 명의 신과 함께 신의 반열에 오르는 순간'을 보여주며 사막의 뜨거운 붉은 태양을 마주하고 있었다. 그는 기골이 장대했고 건강해서 90세까지 군림하는 동안 많은 업적을 쌓았다고 한다. 당시 이집트인의 체격과 비교하면 예외적이었고, 게다가 당시 이집트인과 다르게 얼굴도 검지 않았다고 전해진다. 그의 과시욕은 대단해서 지금까지 이집트에 남아있는 거대한 석상의

의자를 만드는 일은 여전히 나에게 쉽지 않은 과제이다. 이미 상업적으로 소개된 의자들은 편하고 보기 좋으며 가볍기도 하다. 무언가 의미가 들어있는 의자가 필요했다. 단순하지만 앉았을 때 등이 편하고, 쿠션을 사용하지 않더라도 바닥이 편하면서 품위가 느껴져야 했다. 무겁다는 점을 제외하면 호두나무는 의자의 재료로 완벽하다. 성별을 지칭할 수 있는 상징과 성스러움, 그리고 세 개의 다리만으로도 지탱할 수 있도록 충분히 두꺼운 원목을 사용하였고, 바닥이 편하고 미끄러지지 않도록 안쪽을 오목하게 파내려고 했다.

반은 그를 기념한 것이라 한다.

　귀국하는 기내의 어둠 속에서 아부심벨의 거대한 석상이 눈앞에 떠올랐다. 그들은 말없이 나를 바라보고 있었다. 순간 부모님이 떠올랐고, 두 분을 나란히 앉게 할 의자를 만들어 석양빛에 빛나는 두 분의 모습을 사진으로 남기고 싶어졌다. 그러나 의자 제작을 시작하기도 전에 갑자기 아버님이 돌아가셨다. 작업을 시작하였으나 생각이 많아지면서 진행은 더뎠고, 그동안 어머니의 치매는 더욱 악화되었다. 안타깝게도 의자가 완성되기 전에 어머니마저 돌아가셨다.

　그 후로 마음이 내키지 않아 의자 제작을 중단하였고 현재 창고에 보관하고 있다. 가끔 꿈속에서 내가 만든 의자에 두 분이 나란히 앉아서 미소를 짓고 있는 모습이 보인다.

기억을 유지하는 방법

롤랑 바르트(Roland Barthes, 철학자)는 어머니가 사망한 후 그녀의 죽음을 극복하지 않으려 했다. 그가 보기에 애도는 사랑하는 사람을 망각하게 하고 비통에 빠진 자를 다시 사회에 통합시키는 의례였다. 그는 애도를 거부하고 '애도일기'를 써나가며 어머니를 잊지 않으려 했다.

마르셀 프루스트(Marcel Proust, 소설가)는 산책 중 할머니가 쓰러지자, 병원으로 급하게 옮기기 위해 마차를 이용했다. 늦은 오후의 누운 햇살이 말과 마차를 벽에 비추자 오래된 폼페이의 도자기에 그려진 장의차가 검붉은 벽에 검고 뚜렷하게 나타났다. 나쁜 마음씨가 남의 불행을 과장하는 것을 좋아하듯, 할머니에 대한 진정한 슬픔은 오랜 시간이 흐른 후 구두를 신으려고 허리를 숙이다가 갑자기 생각나게 되었고 복받치는 슬픔에 흐느꼈다.

일찍 터져버린 초가을의 코스모스 사이로 어머니는 지팡이에 의지하고 헐떡이며 내가 작업하고 있던 곳까지 기듯이 오셨다. 가쁜 숨을 애써 참으며 어머니는 작은 의자에 앉아서 나를 멀리서 바라보고 계셨다.

내가 어머니를 발견하고 말을 걸려고 하자 그냥 하던 일을 계속하라고 손짓하면서 미소를 지었다.

굽은 나무를 보면 항상 무인가 만들 수 있을 것 같다는 생각이 든다. 이 의자도 우연히 굽어진 정도가 비슷한 두 개의 가지를 발견하고 만들기 시작했다. 거칠고 어두운 상수리나무는 밝은 삼나무와 대비를 이루며 서로 잘 어울렸다. 의자에 앉으면 아래로부터 삼나무 특유의 송진 향이 올라온다.

노란 잠바

아내와 계획했던 해외여행에 항상 바쁘게 일만 하시던 장모를 같이 모시고 가자는 나의 제안에 아내도 흔쾌히 동의했다. 우리의 제안에 장모는 아주 좋아하시면서 미국에 가면 꼭 사고 싶은 옷이 하나 있다고 했다. 오래전 어떤 점잖은 사람이 입고 있던 노란 잠바가 좋아 보여서 같은 것을 장인에게 사주고 싶다고 하셨다. 매사에 꼼꼼한 장모의 성격을 알기 때문에 어떤 제품인지 자세히 물었지만, 답은 항상 '그냥 멋있는 노란 잠바'였다. 우리는 여행 중 틈이 날 때마다 그 '노란 잠바'를 사려고 했으나 매번 허탕이었다. 귀국 이틀 전에야 겨우 살 수 있었지만, 우리 때문에 그냥 적당한 옷을 고르신 것 같은 느낌이었다.

체구가 왜소했던 장모는 평소에도 몸의 크기가 거의 두 배나 되는 장인의 수발을 모두 도맡아 하셨다. 언젠가부터 장인이 식사 중 물컵과 그릇을 일렬로 세우는 행동을 반복하셔서 검사를 해보니 이미 진행된 치매로 진단을 받았다. 장모는 장인의 병을 절대로 인정하지 않았고 더욱 정성으로 보살폈다. 본래 장인이 워낙 꼼꼼했기 때문에 그 정도의 행동은 문제가 되지 않는다는 것이 장모의 논리였다. 혼자서 걸을 수 있는데도 꼭 손을 잡고 다녔고 화장실 앞에서 서서 기다리셨다. 두 분이 걸어갈 때면 누가 누구에게 의지하는지 구별하기 힘들 정도였다.

어느 날부터 갑자기 장모는 장인의 병실에 가지 않으려고 했고, 장인 얘기만 하면 화를 내면서 옛날얘기를 반복했다. 장인과 같은 치매였다. 다행스러운 점은 치매 초기였기 때문에 약에 반응이 좋았다. 식사는 전보다 잘하게 됐지만 가끔 정신이 맑아지면 "이제 더 이상 살고 싶지 않아"라고 말하며 슬퍼했다. 그러다가도 여행 중 잠바를 사러 다니던 얘기를 하면 얼굴이 갑자기 밝아지면서 좋아하셨다. 이제 장인은 돌아가셨고, 장모의 증상도 진행되면서 사위인 나도 알아보지 못한다. 대신 매일 방문하는 아들은 꼭 알아보고 어떤 얘기든 해주기를 기다린다.

옛날 나의 어머니가 내게 그랬던 것처럼. 노란 잠바에 대한 장모의 마음을 조금은 이해할 수 있을 것 같다. 멋지게 보였던 노란색 잠바는 젊고, 다시는 돌아오지 않을, 건장하며 잘 생겼던 남편을 떠오르게 한 것이었다. 특별한 말이 없어도 서로를 이해하고 사랑의 감정으로 느낄 수 있었던 시기에 딱 어울리던 색이었다. 샛노란 개나리꽃 사이로 고개를 내밀던 연두색의 새싹과 같이 두 분이 만들었던 사랑의 추억을 마음에만 가지고 있기에는 인생은 여전히 너무 짧았다.

정말 재미있는 얘기는 한참 후에 발생했다. 어느 날인가 아내와 딸과 함께 있을 때 내가 '노란 잠바' 얘기를 하자 둘이 깔깔 웃으며 말했다.

"아빠, 정말 웃긴다. 노란색이 아니고 빨간색이었어."

그래서 어쩌란 말인가? 노란색이든 빨간색이든 그리운 마음은 다르지 않았을 텐데.

옛날에 마구간으로 사용했다는 커다란 창고를 작업실로 사용할 수 있게 되었다. 잡다한 물건들을 치우면서 점차 작업실의 형태를 갖추어 나갔다. 작업하는 것 못지않게 내부구조를 바꾸어 나가면서 작품들을 전시할 수 있는 공간을 확보할 수 있다는 것이 또 하나의 즐거움이 되었다. 빈 공간이 나타나면 바로 채우고 싶어 새로운 구상을 하곤 했다. 우리의 삶도 비슷한 것 같다. 비우고 나면 바로 채우고 싶어지는, 이런 과정에서 보람을 느낀다. 문제는 저질러 놓은 일이 많으면 정리하고 치워야 할 일도 많아진다는 것이다.

흰 저고리와
검정 치마 _보호자

흰 저고리와 검정치마는 다른 옷에서는 상상할 수 없는 순수하고 조용하며, 청빈한 느낌으로 나에게 다가온다.

오래전이었다. 늦은 밤 응급실로 머리에 거즈를 잔뜩 붙인 젊은이가 도착했다. 며칠 전부터 머리에서 고름이 나오고 열도 난다는 것이었다. 거즈를 제거하자 정수리 가운데를 따라

어디선가 봤던 디자인을 생각하며 옷걸이를 만들어봤다. 사다리 두 개가 겹친 근면하고 단순한 디자인은 안정감이 있고 어느 곳에서도 잘 어울렸고, 바지를 펴서 걸기도 좋았다. 아내가 오랫동안 잘 사용하고 있다.

여기저기가 찍힌 상처와 함께 엉겨 붙은 딱지가 보였다. 열 때문에 얼굴은 벌겋게 상기되어있었다. 위중한 상태였다. 일주일 전에 술을 마시다가 모르는 사람과 시비가 붙었고 머리를 맞았는데 피만 멈추면 될 것 같아 그냥 집에서 지냈다고 했다. 촬영을 해보니 머리 가운데를 따라 앞에서 뒤로 10개가 넘는 못이 머리뼈를 뚫고 들어간 것이 보였다. 뇌에서 중요한 혈관이 지나가는 부위를 다친 것이었다. 위험할 수 있는 큰 수술이 필요했다. 청년의 어머니는 아무 말도 하지 못하고 연신 눈물만 흘리고 있었다. 오랜 시간의 수술로 뇌에 박힌 못을 모두 제거했고 환자는 바로 깨어났다. 다행히 경과도 양호했다. 퇴원 후 약을 받기 위해 청년을 대신하여 어머니가 내원했다. 그녀의 얼굴은 오랫동안 햇볕에 그을린 피곤한 모습이었지만, 병원에 올 때면 항상 낡았지만 깨끗하게 다린 흰 저고리와 검정치마를 입고 있었다.

몇 년이 지난 후 어머니는 밝은 모습으로 같은 옷을 입고 나를 만나러 왔다. 아들이 우수한 성적으로 대학을 졸업해서 장학금 지원을 받아 미국으로 유학을 떠났다고 했다. 이렇게 된 것이 선생님 덕분이라면서 품에서 작은 물건을 내미는 것이었다.

한사코 거절하는 나에게 자신이 가진 소중한 금반지인데 꼭 나에게 주고 싶다는 것이었다. 거절할 수가 없었다. 이후 몇 차례 그 아들로부터 소식이 왔고 마지막 편지는 대학에 남게 되어 미국 영주권을 신청했다는 내용이었다.

세월이 흐른 후, 서랍에 들어있던 그때 그 금반지를 치매가 진행되던 나의 어머니 손에 끼워 드렸다. 어머니는 아이같이 좋아했고 돌아가실 때까지 빼지 않으셨다. 이제 반지는 어머니를 돌봤던 큰 누나의 손에 끼어있다.

어느새 누나는 이제 내가 기억하는 그때의 어머니가 되어 있었다.

흰 저고리와 검정 치마 _환자

3000 x 700, juniper tree

오랫동안 작업실 구석 한편에 세워져 있던 향나무를 꺼내어 천장에 매달아 보았다.
앙상하지만 강인한 손과 다리의 모습이 나타났다.

하루는 같은 병원에 근무하던 직원이 어머니를 모시고 진료
실에 왔다. 그녀는 허리를 펴지 못하고 몹시 아파했는데 수술로
도움이 될 것 같지 않아 외래에서 치료를 해보기로 했다. 다행히
반응이 좋아서 허리를 펴고 다닐 수 있게 되었지만, 주기적으로
병원에 다녀야 했다. 병원에 내원할 때면 그녀는 언제나 깨끗하
게 다린 흰 저고리와 검정치마를 입고 왔다. 항상 같은 옷을 입

고 오는 이유가 그 한복이 그분의 유일한 외출복이라는 것을 알아채기는 어렵지 않았다. 그녀는 한복과 잘 어울렸고 단아한 모습이었지만, 항상 어두운 얼굴이었다.

어느 날 오후 그 직원은 내게 자신의 어머니의 과거를 들려주었다. 그녀의 남편은 아들이 태어나는 것을 보지 못하고 전쟁에 나가서 돌아오지 못했다. 부하 중 한 명이 남편의 월급과 소식을 전해주었고, 남편이 사망한 후에도 주기적으로 방문했다. 어느 날 저녁, 그는 아기와 둘이 지내던 어머니의 집에 와서 그녀를 겁탈했고, 어머니는 무섭고 부끄러워서 아무에게도 말하지 못했다. 이후에도 그의 파렴치한 행동이 계속되던 중 여동생이 태어나면서 발을 끊었다. 어렸을 때 아들이 기억하는 어머니의 모습은 지독히도 가난에 찌든 모습이었다. 아들이 고등학교에 들어가자, 어머니는 그 사실을 털어 놓았고, 분노한 아들은 곧바로 어머니를 욕보였던 그 사람의 집에 찾아가서 크게 싸운 후, 화해의 의미로 돈을 조금 받아왔다고 했다.

마지막에 눈시울이 붉어진 그는 "지독히도 가난했었어요. 그런 돈을 받았다는 것이 정말 후회되고 부끄러웠어요. 고생만 하신 불쌍한 우리 어머니!"라고 말하며 문을 닫고 나갔다.

병원에서 마주했던 두 어머니가 입었던 흰 저고리와 검정치마는 어떻게든 살아야만 했던 그 시대의 슬픈 과거를 가진 여인들의 한이 맺힌 순수한 색으로 나에게 다가온다.

빛을 받아도 반사하지 않고 그냥 모두 흡수해 버리는 색처럼 아픔을 삼키고 참아야 했던 우리 어머니들의 색이었다.

미화부직원

420 x 450 x 1000, walnut

매주 수요일 직장에서 새벽예배가 열렸다. 나는 어릴 때부터 만들어진 습관과 어떤 의무감 같은 것 때문에 예배에 참석했다. 목사님의 설교는 판에 박은 듯 지루했고 예배 후 직원들과 대화가 오히려 참석의 의미를 되살려 주곤 했다.

그래도 예배 중 기다려지던 것은 나이 든 미화부직원의 대표 기도였다. 그녀는 머리가 짧았고 소리가 우렁차서 처음에는 젊은 남자로 오해했었다. 그녀는 일과 중에는 항상 조용했지만 기도할 때만은 소리가 컸다. 기도의 내용은 단순했다. 원하는 바가 명료했고 꾸밈

부모님을 나란히 앉히고 저녁 햇살을 맞이하는 모습을 찍고 싶어 제작한 의자의 등받이다. 호두나무로 만들었는데 처음 디자인부터 착오가 있어 제작이 많이 지체되었다. 그 사이 아버님은 갑자기 돌아가셨고, 어머니의 치매도 진행되었다. 의자는 여전히 미완성인 채로 남았다. 어느 날 바라보니 석양에 검게 빛나는 나무껍질의 질감이 십자가의 모습으로 내게 다가왔다. 십자가 본래의 모습은 이와 같은 느낌이지 않았을까?

이 없어서 듣고 있노라면 내 마음이 편해지고 위로가 되었다. 어느 날 외래 진료가 끝난 다음 그녀의 지난 얘기를 듣게 되었다. 그녀는 드라마에 나올 만한 힘든 과거를 가지고 있었다. 술 주정뱅이 남편은 폭력적이었고 변변한 직업을 가진 적이 한 번도 없었다. 간경화로 생을 마치는 순간까지 그녀를 폭행했고 경제적 부담을 지웠다. 그녀는 담담하게 자신의 과거를 풀어 놓았다. 남편이 떠나자 오히려 모든 것이 정리가 되었다고 했다. 자식과 둘이서 지내는 지금 이 순간이 얼마나 감사한지 모른다고 하였다.

대표 기도는 주기적으로 돌아서 내 차례가 되었다. 나는 자연의 아름다움과 위대함을 소재로 스피노자의 범신론적인 기도를 하였다. 목사님은 새롭고 흥미로웠다고 이야기했다. 얼마 지나지 않아 목사님은 아이티의 대지진이 불신자들에 대한 하나님의 진노 때문에 발생했다는 시대착오적인 내용의 설교를 했는데 그동안 내 머릿속에는 죽어가는 아이티의 아이들을 떠올리고 있었다. 그날 이후 내가 간직하고 있는 겨자씨만큼의 작은 믿음의 뿌리마저 뽑히지 않아야겠다는 생각에 더 이상 예배에 참석하지 않았다.

그리스 식당

뜻이 잘 맞는 후배가 있어 부부 동반으로 여행을 갔다. 이번이 여섯 번째라고 기억력이 좋은 후배가 말했다. 여행하는 동안 우리 네 명은 각자 할 일이 분담되어 있다. 나는 운전, 아내는 요리, 후배 부인은 계산과 정리, 그리고 후배는 내 옆에 앉아서 내가 졸지 않도록 계속 말을 걸면서 여행 중 들렀던 곳에 대한 즉석 평가와 함께 즐거운 분위기를 만든다. 후배의 이런 긍정적인 태도가 이번 여행을 즐겁게 해주는 가장 중요한 부분이

라고 모두 인정했다.

하루는 장거리를 운전한 다음이라 숙소 가까운 식당에서 저녁 식사를 했다. 종일 후덥지근한 날씨였지만 해가 진 다음이라 이층 테라스에는 시원한 바람이 불어왔다. 자리에 앉자 훤칠한 웨이터가 주문을 받기 위해 미소를 지으며 다가

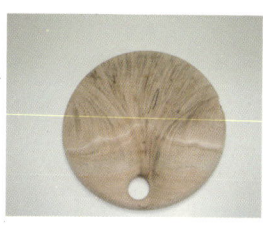

Cheese plate, 270, soft maple burl

연단풍 옹이(soft maple burl)는 자를 때마다 어떤 무늬가 나올지 기대된다. 복잡한 문양은 단순한 틀 안에서 더 아름답게 표현된다.

왔다. 분위기는 편안했고 후배 부인은 특히 기분이 좋아 보였다. 그녀는 웨이터를 자주 불렀고 평소와는 다르게 식사와 음료, 그리고 디저트까지 모두 그와 상의하면서 결정했다. 내가 놀리듯이 "잘생긴 연하남한테 빠진 것 아니야?"라고 말하자 화들짝 놀란 그녀는 "아뇨, 제 아들보다도 어린데요"라고 웃으면서 대답했다. 그녀는 식사 시간 내내 아들을 생각하고 있었던 것 같았다. 얼마 전 미국으로 유학을 떠난 아들이 새로운 환경에 적응하느라 힘들었는지 온몸에 피부병까지 생겼다고 했다. 여행 중 아들과 통화를 자주 하며 걱정하던 그녀의 모습이 떠올랐다. "잠깐 제가 아들을 떠올렸던 것 같네요"라고 대답하는

그녀의 눈빛에서 현재 이곳의 즐거움과 멀리서 지내는 아들에 대한 걱정이 동시에 느껴졌다. "우리 아들도 잘생겼죠!"라고 말하는 그녀의 모습에 우리는 웃음으로 동의했다.

좋은 사람과의 식사는 언제나 편안하다. 식사 후 나른함과 편안한 대화 그리고 대화를 통해 떠오르는 기억들은 여행이 주는 특별한 선물이다. 우리는 아름다운 경치를 볼 때면 이 아름다움을 함께 즐겼으면 하는 사람을 생각한다. 누군가를 그리워하게 되면 주변에 보이는 아름다운 것을 그 사람과 연결하고 싶어진다. 매일 반복되는 일상은 사소하고 의미가 없는 것같이 느껴질 수 있지만, 이러한 소소한 일들이 모여 우리의 인생을 만들어 간다는 것은 변함없는 진리이다.

평범한 삶 자체가 아름다운 것이고, 그 속에서 의미를 찾는 게 바로 우리가 살아가는 목적이라는 단순함을 깨닫는 순간이었다.

나 때문에

사람은 바뀌지 않는다고 한다. 생각은 바꾸기 어렵더라도, 행동은 바꿀 수 있다고 말하기도 한다. 무슨 의미일까? 생각은 그대로인데 행동만 바꾼다면 위선적이지 않은가? 성격의 유전적인 요소에 대해서는 이미 많이 알려졌으나 여전히 후천적 요인의 중요성을 언급한다. 좋은 교육은 아이를 훌륭하게 키울 것이다. 그렇다면 나쁜 교육은 아이를 나쁘게 만들까? 좋은 교육과 나쁜 교육은 어떻게 구분할까? 간단한 얘기가 아니다. 남의 허물을 보고 자신의 인격을 수양하는 거울로 삼듯이(他山之石) 나에게 가해진 위해와 마음의 상처까지도 내가 발전하는 계기로 삼을 수 있다.

이러한 삶의 기술이 어떤 사람에게는 가능하지만 다른 사람에게는 상처로 남는다는 것이 문제이다. 어떤 특정한 사건은 피해자의 삶을 엉망으로 만들지만 정작 가해자는 이를 알지도 못하는 경우가 있다.

오래전 딸이 나에게 했던 말이 마음에서 떠나지 않았다. 자신이 나 때문에 쉽게 우울해지고 불안해져서 아직도 일을 하는 데 힘들다는 것이었다. 그 말을 했을 당시의 분위기를 고려하면 딸은 진심을 말한 것이었다. 어떻게 이런 결론을 내리게 된 것일까? 가까운 친구나 아니면 심리치료사가 딸의 말에 동의했기 때문일까? 딸은 언젠가 나에게 이 말을 꼭 해주고 싶었다고 했다. 딸의 말은 내 머리에서 지워지지 않았고 마음은 착잡했다. 아무리 생각해도 내가 딸에게 큰 상처를 주었을 것 같지도, 그런 마음조차도 전혀 없었던 것이 확실했다. 나의 강박적인 꼼꼼함, 좋게 해석하면 부지런함을 지나치게 강요한 것은 아니었는지 생각하기도 했다.

어느 날 책을 읽던 중 나의 상황을 그대로 묘사한 시를 하나 발견했다. 20세기 영국 시인 필립 라킨(Pilip Lakin)의 '이것이 시일지어다(This Be The Verse)'였다.

그들은 널 엉망으로 만들어, 네 엄마 아빠가.

그럴 생각은 없었을지도 몰라도 어쨌든 사실이야.

자기들이 저지른 잘못을 내게 채워 넣어.

그러곤 또 채워 넣어, 오직 나에게만.

나는 확실히 이기적인 면이 있다. 이러한 나의 성격을 오랫동안 지적하곤 했던 아내에게 나는 이기주의와 개인주의도 구별하지도 못하느냐고 면박을 주곤 했었다. 여전히 의문이 남는다. 과연 어떤 사람의 현 상태가 과거에 경험한 특정인의 행동이나 사건의 결과에 의한 것이었다고 확신할 수 있을까? 잘 생각해 보면 한 가지 확실한 점은 내가 기억하지 못하더라도 딸이 느끼기에는 감정적으로 가해한 부분이 분명히 있었다는 것이다.

존 브래드쇼(John Bradshaw, 교육자)는 '가족'이란 주제의 강연에서 "개인은 자신 안에 온 가족을 지니고 있다. 사람들은 오로지 자신이 경험한 것과 같은 관계만을 추구하는 경향이 있다"라고 했다.

맞는 말이다. 분노는 항상 아래를 향한다. 나의 행동은 의도한 것은 아니었지만 분명히 딸에게 부정적인 영향을 주었을 것이다. 집에 오기 전에 징리해야 할 일과의 스트레스를 버리지 않

앉고 이러한 부정적인 감정이 나를 거스르는 가족의 어떤 행위
도 허락하지 않았을 것이다. 일에 대한 욕심, 사람에 대한 욕심
으로 나는 무리하게 주위 사람을 괴롭히고 있었다.

이미 저질러진 일을 주워 담을 수 없다는 것을 잘 알고 있다.
그래서 괴로운 마음은 사라지지 않고, 틈만 나면 마음 깊은 곳에
서 스멀거리며 올라온다.

2800 x 2800 x 7000, pine tree

아내의 생일을 맞아 만든 것이다. 소나무 기둥
에 홈을 파고 시험관을 넣고 장미를 꽂으니까
잘 어울렸다. 진료실로 보내주었는데 아이들
이 아주 좋아했다고 한다. 한 여름인데도 생각
보다 꽃이 오래 싱싱하게 유지되었다. 그대로
꽃이 말라도 괜찮을 것 같다.

When I dream

　　다섯시간 넘게 운전하고 있지만 아내는 옆에서 편히 자고 있다. 자는 모습은 여전히 아름답고 사랑스럽다. 깨어있는 동안에 해야 했던 일의 중압감 때문에 뒤로 숨어버렸던 편안한 기억이 흔들리는 요람 속의 아이가 되어 다시 나타난 것이다. 편하게 잘 수 있다는 것이 나를 믿고 있다는 하나의 표현이라는 생각이 들자 자꾸 아내의 얼굴을 돌아보게 된다.

　　'When I dream' 이 곡은 삶에서 많은 경험을 한 나이 지긋한 가수가 불러야 제격이다.

> "많은 꿈늘을 꾸었고 찬란한 계획도 세웠었지.
> 혀로 느끼는 빗물은 달콤했고
> 불러야 할 수많은 노래들이 기다리고 있었지.
> (…) 그러나 나는 지금
> 부르지 못한 노래들에 대한 빚을 갚고 있는 거야."

나의 지나온 삶도 그랬었는지는 잘 모르겠다. 지금과 비교하면 그 당시에는 제어할 수 없는 사랑의 열정이 있었고, 정복하고 싶은 욕망을 사랑으로 오인하고 무작정 덤벼들기도 했었다. 그 사이에서 겪어야 했던 좌절과 슬픔도 기억에 남아있다. 시간이 지나면서 망각의 도움으로 불편했던 일들은 조금씩 지워지고 일부는 각색되어 전혀 다른 이야기로 바뀐 것도 있다.

젊은 날에 상상했던 많은 꿈을 다시 떠올려 본다. 이젠 가끔 기억나는 꿈의 내용도 조금씩 바뀌어 간다. 좀 더 차분한 아름다움으로, 때론 상상하기도 어려운 찬란한 순간들도 있었다. 완전히 사라지기 전에 다시 떠올리고 싶은 기억들이 때로 내 가슴을 두근거리게 만들기도 한다.

고추를 수확한 후 밭에 서 있던 줄기가 겨울바람에 황태 마르듯 앙상하게 탈색되었다. 완전히 마르면 단단해지고 끝은 날카로워진다. 가지의 끝부분에서 강한 힘을 느낄 수 있다. 살아있을 때는 상상할 수 없던 모습이 나타난 것이다. 철망에 걸어 놓자 맑은 하늘의 유성처럼 각자 밤하늘에서 날아다니기 시작했다.

사랑이 가르쳐 준 것
(Mahler 교향곡 제3번)

    장거리 여행은 결혼과 비슷하다. 항공편을 예약하고 도착지 정보를 조사한 다음 기대에 부풀어 짐을 싼다. 비행기가 서서히 움직이기 시작하면 큰 숨을 내쉰다. 마음은 차분해지지만 동시에 막연한 불안감도 생긴다. 비행기가 구름 위에서 수평을 이루면 안전벨트 해제 사인이 나타난다. 긴장이 풀리고 나의 오른손을 동반자의 손 위에 올리며 바라본다. 일단 시작은 잘 된 거야, 그렇지? 주위가 약간 소란해지면서 미소를 띤 스튜어디스가 다가와 음료수와 다과를 준다. 가벼운 얘기를 나누다가 어느 순간 각자 생각에 빠진다. 책임감이 느껴진다. 20년 후에는 이보다 더 쉽고 편안한 여행을 할 수 있겠지. 마주 보는 순간이 줄어들더라도, 대화는 조금만 하더라도 상관없이 따뜻할 것이다. 잠이 들고, 화장실을 다녀오고, 책을 읽고, 또 자고, 별 의미 없는 얘기들을 주고받고, 다시 혼자 생각에 빠진다. 어떠한 삶이 내 앞에 펼쳐질까? 도착지에 가까워지면 다시 벨트를 조이고 자세를 반듯이 한다. 바퀴가 땅에 닿으면서 덜컹거리는 느낌이 몸으로 전달될 때 우리는 다시 서로를 돌아본다. 우리는 이미 시작했고 언젠가는 끝나기도 할 거야. 사랑은 과거의 추억과 미래의 기대를 이어주는 끈이다. 이 끈을 놓지 않는 한 행복은 우리 사이에 남아있을 것이다. 지금이 최고로 행복한 순간이 아닐 수도 있어. 그렇다면 좀 더 나은 미래를 기대하는 거지. 이러한 감정은 젊음을 무사히 통과한 중년 이후에 더 실감 나게 느낄 수 있을 것이다. 지금 우리 둘은 축복받은 거야, 이렇게 되살릴 수 있는 기억들이 남아있는 한.

1050 x 400 x 350, cherry

나무를 재료로 보면대를 만들 때면 몇 가지 제약이 발생한다. 높이와 각도를 조정할 수 있도록 만들다 보면 나무의 날렵하고 산뜻한 느낌은 사라진다. 그래서 한 명의 연주자만을 위하여 그가 선호하는 보면대의 높이와 각도를 미리 결정하고 제작한다.

사랑을 유지하는 방법

사랑의 종착은 우정이다. 주고 싶고, 받아도 좋은 사이의 관계라고도 정의할 수 있다. 삶의 목적도 이러한 관계를 어느 정도 완성했느냐에 달렸다. 문제는 이러한 우정을 얼마나 오래 유지할 수 있느냐이다. 서로 평등한 관계라면 종속적인 관계보다 더 오래 유지할 수 있지만 이기심과 욕망은 점차 이를 갉아먹는다. 마치 바라던 욕망이 이루어지는 순간부터 권태가 시작되듯이. 우정은 행복과 많은 부분에서 닮았는데 기억 속에서 특히 이들의 색깔은 보다 선명해진다. 편한 관계에서는 자칫 상대의 존재를 잊게 되고, 그 순간부터 서로 멀어지게 된다. 시간이 지난 후 새삼스럽게 떠오르고 절실해질 때 다듬어진 추억을 우리는 소중하게 만들어 다시 기억의 창고에 보관한다. 자주 만나고 싶어도 참는 것이 좋을 때가 있다. 시간이 지나고 상대가 변한 모습을 보게 되면 애써 다듬어 왔던 아름다운 장미의 환상이 순간적으로 깨져버리기도 한다. 우정은 그리워질 때 그리고 떨어져 있을 때 가치를 발하는 법이다.

현대인은 우정을 서로 간섭하지 않는 방법으로 유지하려고 하며 나도 그런 경향이 있다. 부부간의 사랑이 우정으로 변하게 되면 가장 훌륭한 형태로 완성되면서 깊은 사랑과 동격이 된다. 오랫동안 서로 알아 왔던 두 사람이 서로를 친구로 생각하게 되었다는 것을 생각하면 감동스럽기도 하다.

니체는 친구를 진정으로 좋아한다면 그 친구를 내가 좋아할 수 있도록 만들어 나가야 한다고 했다. 결혼을 하려면 그 사람과 20년 후에도 같은 감정을 가질 수 있을지 자신에게 한 번 더 물어본 다음 정하라고도 했다. 남녀관계에 서툴렀고 결혼의 경험도 없던 그가 한 말이지만 새겨들을 만한 내용이다.

아내에 대한 나의 감정도 지금은 사랑보다는 우정에 더 가까워졌다고 생각한다. 이는 내가 비교적 잘 살아왔다는 의미이기도 할 것이다. 이 부분을 생각하면 미소가 떠오른다.

cross section of juniper

향나무는 흔하게 볼 수 있으나 주변 나무가 너무 자라서 해를 가리고 바람이 통하지 않으면 쉽게 죽는다. 처음 잘랐을 때 향나무의 단면은 아주 아름답지만, 이것을 그대로 유지하기는 불가능하다. 눈이 만드는 육각형 결정이 모두 다르듯이 향나무의 단면도 제각기 다른 이야기를 한다. 마르면서 변색되기 시작할 때 처음의 감동을 조금이라도 더 느껴보려면 물을 뿌리는 것이 효과가 있다. 처음과 같진 않더라도 조금은 싱싱하고 다르게 보인다. 오랜 시간이 지난 후 다시 향나무 단면을 보자 전혀 새로운 느낌으로, 조금 더 친근하게 다가왔다. 마치 사랑에서 우정으로 변해가는 것 같이.

사랑의 또 다른 정의

　고대 그리스인들은 사랑이라는 단어를 여러 가지 의미로 나누어 해석했다. 소크라테스가 "네 영혼을 돌보라"라고 했던 말에도 사랑의 의미가 들어갈 공간이 있다. 일본에서 존경받는 경영자 이나모리 가즈오는 "마음을 다하여"라고 하였다. 나는 이 말을 이타적인 마음도 자기를 먼저 추스른 다음 가능하다는 말로 이해하고 싶다. "행복은 멀리 보이는 숲과 같다"라고 말한 쇼펜하우어가 어떠한 복합적인 의미를 가지고 말했는지는 모르겠으나 나는 보이는 것 너머 숲의 다양성과 이질성, 기대감과 실망, 두려움을 포함한 뜻으로 이해한다.

　멀리 보이는 숲이 아름다운 것은 아름다운 마음이 있기 때문이다. 상대를 사랑하는 것도 나의 마음에 사랑하는 마음이 존재하고 있어야 가능하다는 뜻일 것이다. 하지만 오해와 속물적인 관념이 이 사이에 몸을 숨기고 있는 것은 아닐까? 사랑하는 사람들 사이에서 흔히 주고받는 "네가 우울하면 나도 우울해"라는 말은 바로 "너 때문에 내가 우울해"라고 말하는 것과 다르지 않다.

아내의 생일 때 자주 만들었던 화병 중 하나이다. 미리 생각해 두면 여유롭게 만들 덴데 고앞에 닥치지 않으면 어떤 아이디어도 떠오르지 않아 항상 급하게 눈에 띄는 재료들을 동원해서 만든다. 사랑의 감정도 눈앞에 다가와야 느끼는 모양이다.

170 x 170 x 350, soft maple, stickers, stamps

젊었을 때는 상대를 몸과 마음을 다하여 사랑한다고 했다. 가끔 그렇지 않을 때는 잠시 떨어져 있으면 숨어 있던 사랑이 돌아올 거라고 기대했다. 즉 헤어지지는 않을 것이라는 어떤 확신 같은 것이 있었다. 나이가 든 지금도 나는 배우자와 떨어져 지내고 싶은 마음은 추호도 없다. 항상 가깝게 곁에서 지내고 싶다. 젊을 때와 같은 열정적인 몸과 마음의 사랑은 많이 식었지만 설명하기 어려운 어떤 감정이 서로를 단단하게 매어주고 있는 것을 느낀다. 어쩌면 이제는 언젠가 예고 없이 다가올 헤어짐 같은 것을 느끼고 있기 때문일 것이라는 생각도 든다.

유한한 삶 때문에 지금 내가 살고 있음을 고맙게 느끼듯이, 이러한 상상은 현재 이 순간 내가 느끼는 사랑의 감정을 더욱 소중하게 만들어 준다. 느끼는 방법의 차이는 있을지라도 상대도 그럴 것이라는 생각이 든다.

사랑의 의미가 모호한 만큼 이를 해석하는 방법도 다양하다.

저녁에

Im Abendrot / Richard Strauss 작곡
Joseph von Eichendorff 작사

벚꽃이 흐드러지게 핀 따뜻한 봄날 잠들듯이 떠나가고 싶다던 어느 시인의 글이 생각난다. 음악을 감상하며 아직도 햇살이 남아있는 초가을의 산 중턱을 떠올려 본다. 해는 부드럽게 내려가고 있었다. 어깨를 맞대고 벤치에 앉은 노부부는 오후의 낮은 햇살로 몸을 데우며 붉게 물든 구름을 오랫동안 바라보고 있었다. 코트 안은 따뜻하였고 둘의 마음도 포근했다. 봉우리가 높아서 계곡은 깊었고, 찬 공기는 어둠을 타고 서서히 올라오고 있었다. 아직도 대낮인 줄 알고 계곡으로 하강하던 종달새 한 쌍은 싸늘한 한기에 화들짝 놀라 위로 솟구친다. 하늘은 여전히 밝고 따뜻하다. 편안한 나른함이 밀려온다. 죽음이란 아마도 이런 것일 거야? 아무 생각도 없이 따뜻하고 밝은 빛 속에서 눈을 감고 잠드는 것. 지금까지 살아왔다는 것이 꿈만 같다. 누구에게도 발

견되지 않고 우리 둘만의 시간이 영원히 흘러가는 것을 상상한다. 주머니에 들어있던 참나무 씨앗 하나가 땅에 떨어져 싹이 텄다. 따뜻한 빛과 시원한 바람이 나무를 키웠고 마침내 두툼한 기둥과 무성한 잎을 완성했다. 그들이 앉았던 의자는 오래전에 사라졌다. 그녀를 영원히 지켜줄 것 같던 반지는 땅에 떨어졌고 천천히 이동하던 뿌리는 설레는 마음으로 가운데를 지나갔다. 시간은 더 흘렀고 단단한 껍질은 소중한 반지를 완전히 감쌌다. 이제 그들의 이야기는 아무도 모른다. 커다란 나무와 두툼한 풀밭은 여전히 석양을 향하고 있다. 손을 잡고 지나가던 젊은 부부가 이곳을 발견했다.

"여보, 여기 따뜻한데 앉았다 가면 어때?"

"근데 여기가 낯설지 않아, 누군가 벌써 다녀간 것 같아."

디트로이트에서 남쪽으로 내려가면 세이거(Shakers)라고 알려진 단순함과 정직함을 지침으로 삼는 사람들이 모여 사는 곳이 있다. 이들의 삶을 반영하듯 그들이 제작한 가구는 장식을 배제한 단순미를 보여준다. 그들이 제작한 가구에 깊이 감동하여 만든 것 중 하나이다. 어느 장소에 놓아도 차분하게 잘 어울린다.

1080 x 1050 x 430, cherry and cotton tapes

생일

　나이가 들어가면서 생일이 다가오는 것이 즐겁지만은 않다. 다른 사람들도 나와 비슷할 것이다. 좋아하든 싫어하든 시간은 쉬지 않고 흐르며 태어난 날은 정확하게 다시 돌아온다. 요즘은 '백세시대'라고 하는데 내 나이가 정확히 반백을 넘는 순간에 우리 가족은 휴가 중이었다. 아이들과 스키를 타고 나서 호텔에 도착하자 아내는 케이크를 직접 구워놓고 기다리고 있었다. 그리고 웃으며 내게 생일 카드를 내밀었다. 카드의 앞면에는 'Don't Worry, 50 is Just Number!'라는 글귀가 보였다.

　미국에서는 나이가 오십이 되면 '황금 기념일(Golden Jubilee)'이라고 부르며 가까운 친구들이 기저귀, 지팡이 같은 선물을 하면서 인생의 정점에 오른 이 순간부터 일만 열심히 하지 말고 노후도 생각하라는 메시지를 준다고 한다. 오십이라는 숫자가 주는 '반'의 의미는 지금부터는 지나온 삶을 돌아보고, 나를 도와준 이들에게 감사해야 할 때라는 뜻일 것이다. 동시에 인생의 정점에서 조심스럽게 내려오는 자신을 느껴보라는 뜻도 함께 담겨있다. 이때가 삶을 자신의 방향으로 전환하는 시기인 것이다. 벨기에의 어느 지방에서는 이때가 되면 같은 또래의 친구들이 모여 며칠 동안 파티를 즐기면서 자신보다 열 살 연장자 중 한 명이 대부가 되어 평생 밀접한 관계를 유지한다고 한다.

당시 나에게 '50'이라는 숫자가 그리 특별한 것은 아니었다. 그날도 여느 생일날처럼 가족들과 즐거운 파티를 했다. 아내는 사랑스러웠고 자식들은 나에게 웃음을 선물했다. 그러나 생일 카드에 적힌 내용은 그날 이후 내 머리에 깊게 새겨져 지워지지 않았다. '50'은 이후 나의 삶에서 변화를 받아들이라는 중요한 메시지로 각인되었다.

세월이 흘러 60번째 생일이 다가오자 낳아주신 부모님의 얼굴이 떠올랐다. 어릴 때 '생일이 돌아오면 부모에게 먼저 고마움을 표해야 한다'라고 들었던 말과는 다른 의미였다. 정확한 이유는 모르겠지만 부모님의 어떤 특별한 부분이 내 마음속으로 들어와 서로 비슷해져 가는 느낌 같은 것이었다.

지금 이 순간 나를 있게 한 부모님을 떠올려 본다. 고마운 마음과 더불어 영원히 분리되지 않는 인연의 끈이 온몸으로 느껴진다.

아내의 생일이 다가오면 나는 매번 즉흥적인 아이디어로 케이크 대신 다양한 형태의 플라워 박스(flower box)를 만들었다. 재밌는 것은 미리 생각하면 도저히 아이디어가 떠오르지 않다가 당일 아침이 되면 신기하게도 지나쳤던 소재가 눈에 띄었고 이를 사용해 바로 제작할 수 있다는 것이었다. 진짜 사랑의 표현은 미리 준비하는 게 아니라 보자마자 반응하는 반사활동 같은 것이라는 생각이 든다.

결혼 축사 (사랑)

 결혼에서 '사랑'이라는 단어는 가장 가운데에 위치합니다. 상대를 사랑하기 때문에 그리고 이 사랑을 유지하기 위하여 서약합니다. 사랑의 느낌은 사람마다 같을 수 없어 정의하기가 쉽지 않습니다. 사랑은 '이런 것이었다' 혹은 '이런 것일 거야'라고 과거의 경험, 혹은 미래의 희망으로 표현하기도 합니다. 그러나 이 순간, 두 주인공에게는 사랑의 의미는 현재이자 미래입니다. "지금도 사랑하고, 내일도 사랑할 거야"라는 말은 감정적인 면을 떠나서 좀 더 깊고 무겁게 다가와야 합니다. 결혼이 사랑을 전제로 하는 것처럼, 사랑도 결혼이 필요한 것입니다. 다시 말하면 사랑한다는 것은 서로 이해하려고 노력한다는 것을 의미합니다. 지금쯤 제주는 유채꽃이 만발할 것입니다. 노란 꽃향기의 물결은 빛나는 사랑의 물결입니다. 나지막한 돌담

사이를 둘이 걸어가며 많은 얘기를 나누기를 바랍니다. 돌담을 이룬 돌은 모두 모양이 다르고 모서리는 날카롭습니다. 이러한 모양으로 서로 튼튼하게 붙잡아줍니다. 돌 사이의 작은 틈은 바람을 통하게 해주고 이 때문에 울타리는 무너지지 않고 튼튼하게 유지될 것입니다. 부부 사이의 작은 공간은 가까움 이상으로 중요한 의미가 있습니다. 지난해 매섭던 겨울을 겪어내고 드디어 모습을 나타내는 연녹색의 새순처럼 처음에는 서툴기도 하겠지만 곧 화려한 꽃으로 피어날 것이고 탐스러운 열매도 맺게 됩니다. 많은 일들이 다가오고, 머물다가 지나갈 것입니다. 해가 지나면 다시 새싹은 돋아나고 꽃망울이 열립니다. 오늘 아름다운 두 젊은이를 마음껏 축하해 주세요. 앞으로 즐거운 날이 많겠지만 오늘같이 행복한 날은 다시 맞이하기 어렵습니다. 찬란한 봄과 사랑을 마음껏 즐기기를 바랍니다.

＊이 글의 앞부분은 정호승 시인의 글을 인용하였습니다.

아내의 생일이 다가오자, 이번에도 예외 없이 즉흥적으로 마른 등나무 줄기를 이용하여 장미를 장식했다. 아내는 감정을 과장하는 스타일이 아니어서 좋아하는 느낌을 스쳐 가는 조용한 미소로 알 수 있었다.

270 x 270 x 150, various twings

봄

오래전에 작업실 앞에 개양귀비 씨를 뿌렸는데, 적응을 잘 해서 이제는 개양귀비 천지가 되었다. 나에게 봄은 매년 금방 떠나버릴 것 같은 안타까움으로 다가온다. 따뜻하고 화창한 날은 생각보다 드물고, 어쩌다 완벽한 날이 찾아오면 예외 없이 나는 근무 중이다.

주말이 맑게 밝아오면 아침부터 바빠진다. 갑자기 만나고 싶은 얼굴이 떠올라 번개모임을 시도해 보지만, 대부분 이미

선약이 있다. 결국 누나와 아내를 위해 화려한 식탁보를 깔고 꽃으로 장식한다. 와인은 저렴한 '소비뇽 블랑' 한 병이면 충분하다. 누나는 갑자기 바빠진 사람처럼 이곳저곳을 다니며 소쿠리에 무언가 채우기 시작한다. 새롭게 돋아나는 새순들은 땅에서 올라오든 나무에서 나오든 이 계절에는 모두 먹을 수 있다. 갓 나온 쑥으로 끓인 된장국과 두릅튀김은 나의 최애 음식이다. 나머지 나물들은 데쳐서 고추장에 비벼 먹는다. 이런 자리엔 종종 책을 가져오기도 하지만 한 번도 제대로 읽은 적이 없다. 배가 부르면 졸다가 몽상에 빠져든다. 반바지를 입어도 아직 모기 한 마리 물지 않으니 얼마나 좋은 계절인가?

해마다 봄이 오면 다시 마음이 두근거리지만, 이 계절을 제대로 즐긴 날이 몇 번이나 될까? 그립고 안타까운 마음에 다시 내년의 봄을 기다린다.

사랑하는 이유

둘째 손주가 형으로부터 물려받은 장갑을 끼워보더니 자기 손이 커졌다고 신이 나서 뛰어다녔다. 맞지 않은 장갑을 보고 마음이 아팠던 아내는 그날 저녁부터 벙어리장갑을 뜨기 시작했다. 새벽잠을 설쳐가며 생일 당일이 되어서야 겨우 완성한 장갑을 둘째 손주에게 내밀었다.

"할머니가 준비한 우리 지우 생일 선물이야!"

"할머니, 장갑이 어떻게 생일 선물이야?"

당황한 할머니는 미리 준비한 두 번째 선물을 건넸다. 가루 설탕과 스텐실을 이용하여 하얀 토성을 새긴, 새벽에 손수 만든 당근 케이크였다. 행성을 좋아하는 손주는 신나서 한 조각을 금세 먹어버리더니 더 달라며 접시를 내민다.

330 x 280, various wood strips, acrylic paint

손주를 안고 행복해하는 아내의 모습을 작품으로 만들고 싶었다. 겹겹이 쌓아 올린 나무가 할머니의 '사랑의 깊이'를 표현하기에는 한참 멀었다.

아이는 어른의 스승

아이들은 끊임없이 움직이고 조잘거린다. 궁금한 것도 많다. 항상 소중하고 사랑스러운 손주지만 그들의 과열된 엔진을 따라갈 수도, 식힐 수도 없다. 같이 놀다 보면 아내가 먼저 나가떨어지고 내가 다음 차례가 된다. 그래서 우리 부부는 고심 끝에 아들 내외에게 우리 부부의 결정 사항을 얘기했다. "아이들을 집에 데려오는 것은 언제든지 환영하지만 두 시간 이상 아이들만 놔두고 외출하는 것은 안 된다. 그리고 우리 둘 다 직장에 나가야 하기 때문에 아이들을 데리고 잘 수는 없다"고 했다.

어느 날 텔레비전에서 탄소중립에 대한 뉴스가 나오고 있었다. 아들 내외와 함께 이산화탄소 증가에 관한 얘기를 하고 있는데 손주가 불쑥 끼어들었다.

"할아버지 이산화탄소가 왜 나쁜 거야?"

"이산화탄소가 증가하면 산소가 줄어들게 되고 그러면 사람들이 힘들어진단다."

"산소가 줄어들면 왜 나쁘게 되는 건데?"

"응, 우리 몸은 산소가 많이 필요하거든. 그런데 산소가 모자라면 어떻게 되겠니?"

"산소가 어떻게 몸에 들어가는데?"

이번 기회에 손주에게 올바른 교육을 시켜 줄 절호의 기회라고 생각했다. 게다가 아들과 며느리까지 있으니까 명색이 교수인 내가 시범을 보여야 할 좋은 순간이기도 했다. 대화는 계속 이어졌다.

"우리가 다치면 빨간 피가 나오지? 바로 이것이 몸을 빠르게 돌면서 산소를 우리 몸에서 필요한 곳에 배달해 주는 거야."

"그런데 핏속으로 어떻게 산소가 들어가게 되는데?"

"응, 그건 피가 붉게 보이잖아? 바로 적혈구라는 것이 있기 때문이야. 적혈구는 눈에는 보이지 않는 작은 알갱이들인데 굉장히 많아."

"왜 적혈구가 있어?"

"우리 몸에 필요한 산소를 적혈구가 잡아서 날라주거든."

"어떻게?"

"코로 숨을 쉬면 공기 중에 있는 산소가 우리 폐 안으로 들어가게 돼. 이곳은 매우 얇아서 피가 흐르는 것이 눈으로 보일 정도야. 바로 여기서 적혈구가 산소를 잡아서 몸 안 여기저기를 다니다가 필요한 곳을 찾으면 산소를 풀어주는 거야."

이쯤 되면 "아 그렇구나!"라고 할 만도 한데 끝나지 않는다. 아이의 눈높이에 맞추어 설명하는 것은 결코 쉽지 않다. 진땀을 빼면서 설명을 했고 드디어 둘 사이의 대화는 끝났다. 그런 후에 손주는 자동차를 가지고 놀기 시작했다. 이제 손주가 나의 질문에 답할 차례였다. 적절히 대답하는 방법을 배우게 될 좋은 기회가 온 것이다. 내가 먼저 물었다.

"자동차가 멋진데? 근데 자동차는 어떻게 움직이는 거야?"

"응, 바퀴가 있잖아." 손주는 즉시 반응했다.

"바퀴는 어떻게 움직이게 되는데?" 내가 다시 물었다.

꽤 괜찮은 대화 소재이고 손주의 사고력도 증진될 좋은 기회가 될 터였다. 그런데 돌아오는 손주의 말이 명답이었다.

"할아버지, 나 지금 놀고 있잖아? 바쁘단 말이야."

나의 KO패였다.

싫으면 싫다고 바로 솔직하게 얘기하면 된다. 정직하지 못한 핑계를 대면서 억지로 대화를 이어 가는 것은 좋은 일이 아니다.

450 x 620, walnut

얼굴을 잘 보기 위해서 주위 테두리를 두껍고 진하게, 그리고 깊게 만들면 내가 보고자 하는 부분에 집중할 수 있다. 거울의 질은 당연히 아주 중요하다.

4부   잠시 멈추어 선 낯선 길목에서

가을은 두 번째 봄

두 번째 직장 앞에는 넓고 아름다운 공원이 있었다. 천천히 걸으면서 둘러보는데 40분 정도 걸리는 아름다운 공원이 길 하나만 건너면 시작되는 것이었다.

카뮈(Albert Camus)는 가을을 '모든 나뭇잎이 꽃으로 바뀌는 제2의 봄'이라고 하였다. 감각적이고 멋진 표현이다. 형형색색으로 아름다운 꽃을 피워냈던 나무는 다시 잎의 색을 변화시키고 이제는 땅에 떨어지면서 작은 소리를 낸다. 싸늘한 아침 공기가 귓가를 스치면 제일 먼저 생각나는 것이 브람스 교향곡 4번 1악장과 라흐마니노프 교향곡 2번 3악장이다. 둘 다 'E 단조(E minor)'라는 점이 감상적인 매력으로 빠지게 하는 이유이기도 하다. 드보르자크의 교향곡, 그리고 많은 첼로 연주곡이 같은 단조를 사용하는 것을 생각하면 충분히 이해가 간다. 이 음계에서는 슬픔, 알 수 없는 불안, 우울, 성찰 같은 감정이 느껴진다. 기타에서 낼 수 있는 가장 낮은 음도 E 단조(E-minor)이지 않은가? 자꾸 뒤척이며 잠에 들지 못하는 가을의 우울함은 멜라토닌이 줄어들면서 초래된 수면 부족과 연관이 있다고 한다. 브람스 교향곡 4번 첫 악장에서 제1, 2 바이올린의 주고받는 대화는 앞부분이 3도 내려가면 이어 3도를 다시 올리는 반복된 음의 배열로, 쓸쓸한 가을 해변으로 밀려와 자갈에 부딪히며 만들어 낸 파도 소리를 연상시킨다. 파도는 한번은 크게 다음은 작게, 때로 두 개가 겹치면서 미리 부서져 버리기도 한다. 예측할 수 없는 변화는 마음을 더욱 복잡하게 만든다. 헤르만 헤세(Hermann Hesse)는 그의 시 '구월(September)'에서 이를 기막히게 잘 표현했다.

"아직도 따뜻한 햇살에 뒤늦게 피어난 장미는
따뜻한 아침 햇살에 행복하게 졸고 있었다.
높게 자란 아카시아잎에 도달한 아직 따뜻한 햇빛은
새벽에 내려앉은 이슬을 한데 모았다.

물방울은 잎을 따라 구르다가 떨어졌다.
아직 꿈에서 깨어나지 못한 붉은 꽃잎에 떨어진 차디찬 접촉에
장미는 소스라치게 놀라며 깨어난다.
벌써 가을인가?”

아름답게 채색된 단풍잎을 신문지 사이로 눌러 놓았다가 앞면에 투명 에폭시를 바르고 둥글게
모아 꽃 모양으로 만들어 산업용 철망에 붙였다. 다양한 색으로 물든 감나무의 단풍은 특히 아
름답다. 같은 무늬가 하나도 없고 얼마나 다양한 색과 무늬가 나타나는지 모른다.

나무가 보여주는 또 하나의 방식

　　장마 기간이 힘든 것은 내리는 비가 아니고 습한 무더움 때문이다. 강한 햇빛은 젖은 흙에서 무자비하게 수증기를 끌어올리는 바람에 겨우 익숙해진 아침 산책을 다시 힘들게 한다. 폐타이어를 재활용한 파란색 산책길은 웬만한 비에는 까딱하지 않고 보송보송하고 푹신한 감촉을 유지한다. 조금 전 잠깐 내린 소나기는 바닥에 아름다운 추상화를 만들어 냈다. 울창한 나뭇잎이 빗방울을 붙잡는 바람에 아직 나무 아래에는 기분 좋은 건조함이 남아있다. 강한 햇살이 나뭇잎의 물방울에 반사되어 반짝이는 바람에 눈을 뜨기 어렵다. 내가 다가가자 나뭇가지 아래 비를 피해 숨어 있던 새들은 일제히 하늘로 솟구친다. 땅에서 뿌옇게 올라오는 수증기는 나뭇잎에서 반사되는 빛들과 어울려 신비로운 세계로 들어오라고 손짓한다. 그동안 무심코 지나치던 잔디밭 한 가운데 서 있던 커다란 떡갈나무가 공중에 붕 떠 있다. "믿음의 반대말은 의심이 아니고 무관심이다"라고 말했던 폴 틸리히(Paul Tillich, 신학자)를 떠올려 본다. 알프레드 테니슨(Alfred Tennyson, 시인)은 커다란 떡갈나무에 대한 경의를 이렇게 표현했다.

> 너만의 삶을 살거라
> 젊거나 늙거나
> 나뭇잎 다 떨구고 나면
> 보라, 줄기와 가지로 선 저 벌거벗은 힘을

나무 아래에 마른 흙은 젖은 부분과 뚜렷하게 구별되면서 다층의 프랙털*을 보여준다. 젖은 섬들은 강한 햇살에 빠르게 마르면서 여러 개의 섬으로 작게 나누어지다가 마침내 사라진다. 나무 아래에서 하늘을 올려 본다. 나뭇잎들은 원하는 빛을 찾아서 작은 틈까지 모두 메꾸었지만, 덜 겹친 홑잎을 통과한 햇살은 연녹색의 베일을 덮어 놓은 듯 착시를 일으킨다. 나무가 우리에게 요구하는 것은 없다. 아낌없이 베풀기만 하는 나무로부터 우리가 결코 주인이 될 수 없는 자연의 고마움을 다시 깨닫게 된다.

*프랙털(fractal): 작은 구조가 전체 구조와 비슷한 형태로 끝없이 되풀이되는 기하학적 형태

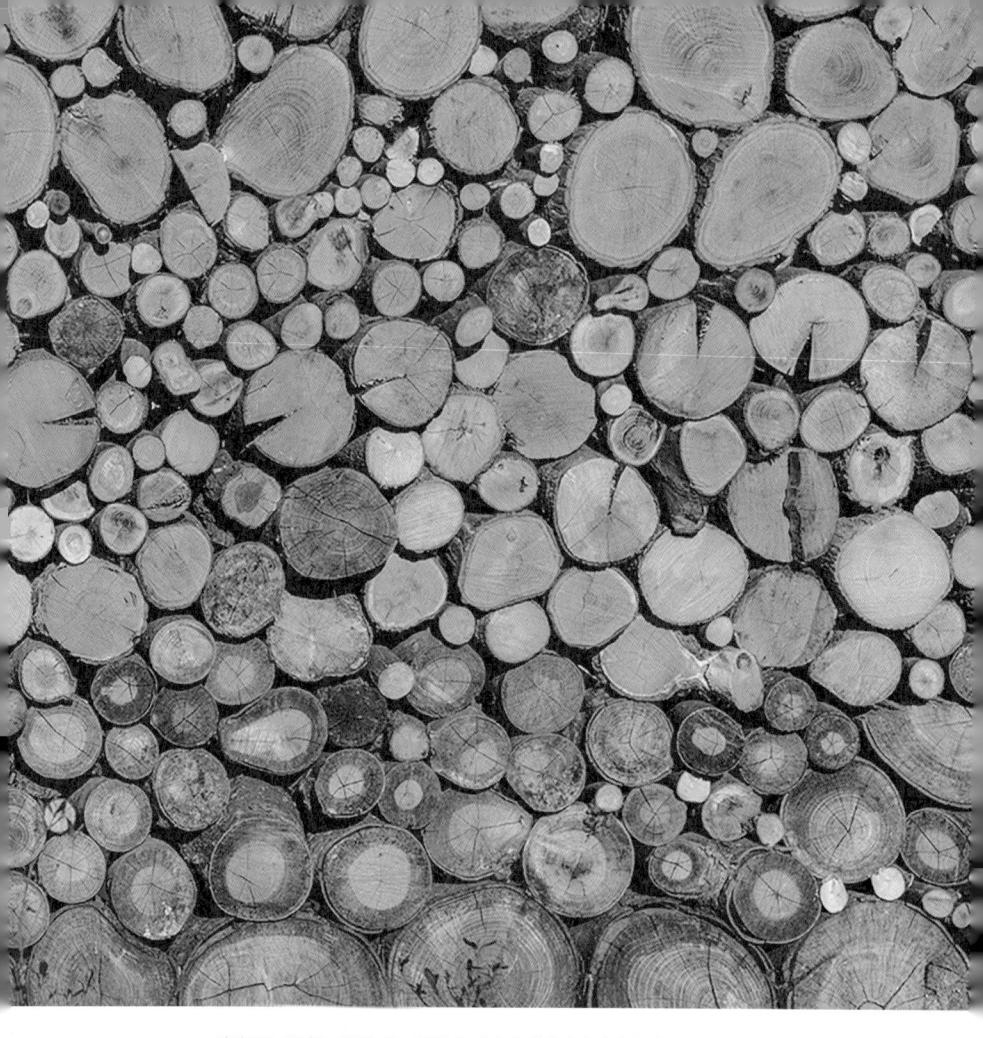

장작으로 쓰려고 쌓아놓은 나무들은 시간이 지나면서 땅의 습기를 빨아들여 검게 변하며 부서지기 시작한다. 조금씩 땅으로 돌아가는 것이다. 장작으로 사용할 것이라면 이렇게 보관하는 것은 바보같은 일이다. 젖어서 부패한 나무는 잘 타지도 않고 화력도 약해서 쓸모가 없게 된다. 그러나 이렇게 만들어 놓은 벽 안에 의자를 놓고 앉아 있으면 마음이 편해지고 조용해진다. 땅으로 돌아가는 것은 나무만이 아니다. 우리 모두 그렇게 된다.

꽃에게 말을 걸기

　오스카 와일드(Oscar Wilde)만큼 날카롭고 적확한 명언을 많이 만들어 낸 사람도 드물 것이다. 특히 꽃에 대한 그의 짧은 묘사는 후대 사람들이 많이 인용한다.

　내가 기억하는 구절은 '꽃은 자신의 기쁨을 위하여 피어난다'와 '어릴 때는 꽃에게 말을 걸곤 했는데 지금은 어떻게 하는지 다 잊어 버렸어' 같은 것이다. 손주에게 꽃을 보여주며 "예쁘지? 꽃에게 인사해야지?"라고 하면 바로 "안녕, 내 이름은 시우야, 잘 있어!"라고 말하며 돌아선다. 꽃에게 말을 걸었는데 무슨 대답을 들었는지 손주에게 물어보지는 못했다. 나이가 들면서 주변에 대한 관심이 줄고 반응도 느려지니까 이전의 감성과 순발력을 일찌감치 잃어버렸다. 처음 보는 사람과 인사할 기회가 줄어들기도 했지만 실제로 누군가를 만나도 금방 "안녕하세요?"라는 말을 먼저 걸지도 않는다. 호감을 가지고 반갑게 웃으면서 인사하고, 말을 거는 것이 어색해지며 줄어들었다. 혼자 지내는 시간이 중요하다고 생각했으나 막상 그렇게 살아보니, 처음 만나는 사람에게 어떻게 인사를 건네야 할지도 잘 모르겠다는 생각이 든다.

꽃이 만발하는 것이 근본적으로 자신의 즐거움을 위한 것이라면, 시들어가는 것도 자신의 선택이고 즐거움일 수 있다. 꽃이 피는 것과 시드는 것 모두 나름대로 의미를 가지기 때문에 누구를 탓할 문제는 아니고 내가 슬퍼할 이유도 없는 것이다. 그냥 그렇게 꽃은 시들고 이후 무성한 잎들이 그 흔적을 덮는다. 나무의 잎은 우리들이 겪는 세상과 같다. 여름의 지루함을 겪고 나면 카뮈가 이야기한 것처럼 '가을은 모든 잎이 꽃으로 변하는 계절'이 된다. 겨울이 다가오면 꽃으로 변신했던 잎들은 땅에 떨어지고 흙으로 변한다. 그리고 이듬해 봄이 오면, 부모와 꼭 닮은 잎과 꽃이 다시 무성하게 피어난다. 이제 우리도 각자의 천진함으로 돌아가 꽃에게 말을 걸어보아야 한다.

지붕이 없는 오두막

하늘은 우리의 희망이고 창조의 근원이다.

그러나 우리는 알 수 없는 두려움 때문에 항상 지붕을 덮고 어둠 속에서 산다. 실제로 슬픔과 갈등, 허영은 모두 옆에서 들어온다. 그래서 밝은 희망이 드나들 수 있도록 하늘을 뚫고 벽을 둘렀다. 이곳에서 모든 것이 이루어지는 것은 아니다.

침묵과 위로가 필요할 때 들어가 있으면 좋을 것 같았다.

오히려 밖에서 바라보는 것이 더 좋을 때도 있었다.

Music stand and log house, cherry, logs

죽은 벚나무 가지에서 이상적인 각도를 발견하여 이를 이용
해서 보면대를 만들었다. 살아있는 나뭇가지 가운데 새롭게
탄생한 하나의 물체가 서 있고 뒤에는 잘려서 쌓인 통나무들
이 땅 위에 서 있다. 모든 것은 자연에서 왔고 결국 출발했던
곳으로 돌아가는 것이다. 여기서 바흐의 바이올린을 위한 파
르티타를 연주하면 좋을 것 같다.

세 명의 친구

200 x 320, soft maple, ebony

숱하게 많은 도마들을 만들었다. 도마는 단순하지만 머릿속 아이디어를 표현하기가 편하고 쉬운 소재이다. 이제는 어떤 주제나 재료를 가지고 시리즈를 만드는 것을 즐기고 있다. 세 개의 도마가 함께 여행했던 우리 셋과 비슷하다는 생각이 들었다.

대학 동기 두 명과 함께 파타고니아로 여행을 떠났다. A는 매사에 부정적이었다. 음식이 입에 맞지 않고, 좌석도 불편하고, 경유하는 곳의 시설이 변변찮고, 바람이 불어서 싫고, 햇살이 따가워서 싫다고 했다. 오랫동안 친하게 지내던 친구라 나는 그의 성격을 잘 알고 있었다. 그는 매우 솔직하고 의리 있는 친구였다. 서로 마음이 잘 맞아 대학 4년 동안 같이 지냈다. 하지만 그 친구의 오래된 우울증은 최근에 심해졌고, 다른 지병 때문에 복용하는 약도 한 주먹이나 되었다. 음식이 입에 맞지 않을 때 먹으려고 준비한 라면과 햇반은 금방 떨어져 버렸다. 어떤 날은 괜찮은 식당에서 식사를 마치고 식사가 어땠냐고 물으면 그는 "굶지 않으려고 먹은 거지"라고 대답했다. 여행 내내 나는 초조하고 부정적인 그의 행동을 자주 지적했지만, 그는 별다른 반응을 하지 않았다. 다행히 포용력이 있는 B는 A의 불평을 잘 들어 주었고 지적은 거의 하지 않았다. 덕분에 여행은 즐겁고 만족스러웠다. 우리가 여행 중에 단 한 번도 다투지 않았던 이유는 서로에 대한 깊은 신뢰가 자리 잡고 있었기 때문이었다. 우리는 차창 밖으로 전개되는 황량한 아름다움과 장대함을 말없이 감상했고, 갑자기 차 옆에 나타나 우리와 함께 달려가는 과나코(낙타과의 동물)와 날지 못하는 레아(타조를 닮은 새)의 모습에서 인간이 없던 원시 자연을 떠올렸다. 쉴 새 없이 휘몰아치던 바람은 상상할 수 있는 모든 형태의 구름을 연출했다. 우리는 덜컹거리는 자갈길을 오래 달렸고, 멈춰서 사진을 찍었다. 어느 순간부터 A는 더 이상 불평을 하지 않았다.

여행이 끝난 후 A가 한턱 낸다고 해서 다시 모였다. 그는 여행 후 삶에 많은 변화가 생겼다고 했다. 음식을 가리는 것도 많이 줄었고, 우울증약도 끊고 지낸다고 했다. 그러면서 여행 중 내가 한 많은 지적이 기분 나쁘지 않았고 오히려 고마웠다고 말하는 것이었다. 우리 모두 A의 말에 기뻐했고, 건강과 우정을 위하여 건배했다.

새벽에 잠이 깼다. 나에게 흔한 일이다. 갑자기 여행 중 내가 A에게 했던 말과 행동이 떠올랐다. 상대를 탓하고 지적하는 것은 쉽게 할 수 있다. 비록 틀린 말은 아니었지만 좀 더 친절하게 표현하거나, 때론 참고 끝까지 들어줄 걸 하는 생각이 들었다. 하지만 그 당시 나의 행동에 대해서 반성할 생각은 전혀 들지 않았고, 순간 그 친구와 나의 처지가 바뀌었던 것은 아니었는지 생각해 보았다. 나 자신이 정말 부끄러웠다. 그 친구는 자신의 감정에 솔직했고 숨김없이 자신을 우리에게 보여주었으나, 나는 나의 문제들은 모두 감춘 채 그의 행동만 지적했었다. 그에게 한 질책은 결국 나 자신에게 한 것과 다름없었다. 그는 여행 후 다시 만난 자리에서도 여전히 솔직했지만, 그 순간에도 나는 나의 잘못을 깨닫지 못했다. 자신의 감정에 솔직해진다는 것이 얼마나 어려운 일인지 모른다. 그러나 내 친구는 그 원칙을 제대로 지키고 있었던 것이었다. 내가 부끄러웠다.

파타고니아

어제의 시행착오를 다시 겪고 싶지 않아 일찍 출발했다. 바람이 센 곳이라 도로의 흙은 모두 씻겨 나가고 자갈만 남아서 운전은 힘들고 더디었다. 오늘 예정된 트레킹 코스의 입구에 있는 숙소 '호스테리아 엘 필라 호텔(Hosteria El Pilar)'은 울창한 주목 숲 깊은 곳에서 그의 하얀 드레스 끝자락을 살짝 보여주었다. 창문을 통해 본 실내는 하얀 회벽과 나무로 이루어진 아늑하고 따뜻한 공간이었다. 홍차와 꿀을 곁들인 따뜻한 스콘(scone)이 어울릴 것 같은 아늑한 거실 같은 곳이었지만 아쉽게도 문은 닫혀 있었다. 정리가 잘 된 잔디밭이 끝나는 곳에서 빙하가 녹은 물이 커다란 바위를 돌아 세차게 흘러내려가고 있었다. 강을 따라 올라가는 흙길은 적당하게 습기를 머금어 푹신했고, 주위를 채운 주목 군락은 진한 갈색과 강한 녹색을 띠고 때로 하얗게 탈색된 채로 여전히 강인하게 하늘로 곧게 뻗어 올라가고 있었다. 나무 사이의 틈을 뚫고 땅에 착륙한 강한 햇살은 서치라이트처럼 우리가 가는 길을 비추었다. 매서운 폭풍우에 부러진 거대한 줄기는 아치를 만들었고, 이 아래를 지날 때는 우리는 허리를 숙여 수백 년을 겪어 온 고목에 대해 경의를 표해야 했다. 이제 강물은 보이지 않았으나 물소리는 여전히 들렸고 커다란 암석들이 앞을 가로막으며 진행을 어렵게 했다. 가끔 울창한 나무 사이로 하얀 빙하와 에메랄드색의 작은 호수가 보였고, 다시 평평하고 좁은 오솔길이 나왔다. 나의 빈약한 심장과 가느다란 허벅지도 점점 단단해져 갔고 걸을수록 회복되고 있다는 느낌이 들었다.

갑자기 앞에서 서늘한 바람이 불어왔고 조금 더 올라가자 거대한 평지가 나타났다. 빙하로 덮인 거대한 봉우리들이 둥글게 분지를 둘러싸고 있었다. 돌아갈 수 없는 어떤 신비의 땅에 도달한 느낌이었고 두려운 느낌마저 들었다. 바람은 세게 불고 있었으나 아주 조용한 분위기였다. 수직으로 자라며 서로 햇빛을 차지하기 위하여 경쟁했던 주목 숲은 사라졌고, 이제는 바닥에 납작 엎드려 세찬 바람을 견뎌낸 다른 모습의 주목 군락이 나타났다. 멀리서 바라보면 마치 거대한 녹색 카펫 같았다. 수많은 시간을 견디며 살아남은 가지의 끝은 여전히 진한 녹색의 작은 잎을 간직하고 있었고 바람에 굴복한 탈색된 줄기들은 녹색 잎 사이로 날카롭게 돌출되어 있었다. 낮게 기어가며 자란 작은 나무줄기도 주위의 거대한 주목들과 살아온 나이는 비슷할 것이다. 봉우리에서 흘러내린 자갈들 사이로, 암벽을 오르는 등산가의 강한 손가락처럼 포기하지 않고 위로 올라가려는 주목의 줄기는 숙연한 느낌을 주었다. 우리가 상상한 것보다 훨씬 오랜 시간을 살아내며 어떻게 견뎌왔는지를 눈앞에 보여주듯, 그들은 자신의 이야기를 바람에 실어 우리에게 들려주고 있었다. 우리는 분지의 가운데로 걸어갔고 오랫동안 말없이 서 있다가 왔던 길로 내려왔다.

숙소 근처의 아담하고 깨끗한 식당에서 생일을 맞은 친구를 축하했다. 이런 자리에 함께 할 수 있다는 행운을, 그리고 경이로운 자연에 대해 많은 이야기를 나누었다. 세찬 바람 속에서도 땅에 몸을 붙이고 강인한 생명력을 보여주던 주목 군락을 앞으로 쉽게 잊지 못할 것이다. 어려운 일이 닥칠 때 그 풍경을 떠올리면 다시 힘을 얻을 수 있을 것 같았다.

여행과 외로움

오래전 혼자 산티아고 순례길을 다녀온 지인이 해주었던 말이 떠올랐다. 여행을 시작하면서 견디기 어려웠던 점은, 말없이 지내야 하는 외로움이었다고 했다. 그때는 가볍게 흘려들었지만, 이제 내가 혼자서 두 달간 여행을 하게 된 것이다. 처음엔 정말 외로웠고, 함께 식사하면서 나누던 사소한 이야기들과 사람들이 그리웠다. 혼자 있다는 사실이 견디기 힘들 때면 언제든지 침대에 들어가 누웠고, 깨어있으면 그냥 밖으로 나가서 걸었다. 미술관에서는 창밖이 보이는 의자에 앉았고, 성당에서도 의자에 오래 앉아 있었다. 이런 생활에 점차 적응하자 외로움은 점차 옅어졌다. 대신 나 자신과 대화를 나누기 시작했다. 과거에 무시하고 지워버린 말들을 불러내어 다시 나에게 물어보았고, 나는 천천히 생각한 다음 대답했다. 올바른 대답을 위해서는 집중이 필요했지만, 내 머릿속은 아직 복잡했고 알 수 없는 것들로 가득 차 있었다.

지금은 조용한 호텔 방 안에 있다. 밖은 쌀쌀하고 비가 내린다. 어제 들렀던 헬싱키역 앞 '침묵의 교회'가 떠올랐다. 나무로 제작된 3평 정도의 천정이 높은 원통형 건물은 루터교회였다. 실내에는 나란히 놓인 세 개의 나무 벤치와 한 개의 강단이 있었고, 천정에서 벽을 따라 자연광이 들어왔지만 하늘은 보이지 않았다. 실내에는 나 말고는 아무도 없었다. 교회 안에 들어온 다음 문을 닫자, 갑자기 모든 소리가 사라지더니 귀에서 '윙' 하는 느낌이 들었다. 방금 전까지 들리던 시끄러운 자동차 소리가 갑자기 사라져 버린 것이다. 이렇게 조용했던 적이 언제였

단풍나무의 단맛을 찾아 침투한 곰팡이가 남긴 길은, 넓거나 좁게 검은색으로 이어지다가 합쳐지고 나눠지며 나무 전체를 채우고 있었다. 그동안 무심히 지나쳤던 나무의 질감 차이가 명확해지면서 나무의 단단한 부분과 연한 목질의 경계 부분은 모두 그들이 지나갔던 흔적이 되었다. 마치 깊은 산의 계곡을 따라 끊임없이 길을 내는 인간들처럼. 이 길을 따라가다 보면 살아온 지난시간을 느낄 수 있다.

700 x 470, denatured hard maple

는지 기억도 나지 않았다. 항상 나의 머릿속에는 소음들이 계속되고 있었다, 심지어 자는 동안에도.

침묵하게 되면 생각하게 된다. 과거에 단순하다고 여겨졌던 것에 대해서도 더 깊게, 넓게 생각의 지평을 늘려 갈 수 있을 것이다. 그러다 보면 앞으로 누군가를 만나 대화를 나눌 때, 좀 더 정제된 말과 태도를 보여줄 수 있을 것이다. 그럼에도 여행 내내 외로운 감정은 마음에서 완전하게 떠나지는 않았다.

침묵

　은퇴 후 혼자 떠나는 두 달간의 여행을 계획했다. 여행 중 세속적으로 가장 불편한 점은 혼자 식사하는 일이었다. 하루 종일 말 한마디 하지 않고 지내게 된 것이 가장 큰 변화였다. 어디선가 들었던 "침묵 속에서 우리는 내면의 진실을 찾을 수 있다"라는 말을 직접 경험해 볼 기회가 생긴 것이다. 여행은 이동이 필수이기 때문에 생각과 행동이 활발해진다. 다양한 상황과 마주할 때마다 판단하고 결정을 내려야 한다. 그 과정에서 실수가 발생하고 후회도 남지만, 일단 뒤로 미뤄두고 다음 행동을 해야 한다는 점에서 여행은 불쾌한 감정을 단련하기에 더없이 좋은 기회이다. 후회의 감정은 행동보다는 말에서, 그리고 했던 것보다하지 못했던 것에서 더 많이 발생한다고 한다. 인생에서 여행이차지하는 시간은 매우 짧지만, 삶에 주는 영향은 아주 크다. 혼자 여행하면서 좋은 다른 하나는 많이 걷게 된다는 점이다. 보행이 뇌의 기능을 활발하게 하는데 긍정적인 역할을 한다고 한다. 많이 걸으면 치매도 예방할 수 있다는 학술논문도 있다. 이번 여행으로 벌써 다리근육이 단단해졌고 오래 걸을 수 있는 나만의 보행 리듬도 찾았다.

우리 사회에서 침묵은 때로 소외의 이유가 되기도 한다. '침묵은 금'이라는 말이 효력을 발휘하는 경우는 생각보다 드물다. 대화와 소통이 필수적인 것은 분명하지만, 침묵은 친구로 오래 남기 위한 한 가지 방법이 될 수 있다. 대화에서는 적절한 단어의 선택이 매우 중요하지만, 그렇다고 해서 무작정 듣기 좋은 말만 할 수는 없다. 마크 트웨인(Mark Twain)은 "적절한 단어는 효과적일 수 있지만, 적절한 시기에 잠깐 멈추는 것만큼 더 좋은 것은 없다"라고 했다. 상대가 듣고 싶거나 알고 싶은 것만을 말하는 것이 항상 좋은 것도 아니다. 대화가 잘못된 방향으로 흐를 수 있기 때문이다. 적절한 시기에 필요한 침묵을 놓치면, 이후 배울 수 있는 더 중요한 정보를 놓치게 된다. 여행 중에 떠오르는 사람과 가상의 대화를 해보는 것은 어떨까? 이러한 대화는 내용을 생각하며 천천히 진행하게 될 것이고, 침묵으로 단련된 신중한 단어의 선택은 실제 대화에서도 도움이 될 것이다.

여행 중 경험한 침묵이 지금 내 생활에 큰 도움이 된 것은 분명하다. 그러나 여전히 '침묵은 단지 곧 시작할 대화를 기다리는 것에 불과한 것은 아닐까?'라는 생각을 떨쳐버리기 어려웠다. 반대로, 대화를 포함한 사회생활이 침묵을 기다리는 수단일 수 있다는 사고의 전환에 도달하기에는 나는 아직 한참 멀었다는 생각이 들었다.

자동차를 좋아하는 손주가 이번에는 차가 지나가는 터널을 만들어 달라고 했다. 도로의 한쪽 끝에 자동차를 올려놓고 나무판을 살짝 들면 터널로 빠르게 지나가는 자동차를 옆에 뚫린 둥근 창을 통해 볼 수 있다.

750 x 100 x 150, maple

Baked apple berries

"여보, 구운 사과 맛이 나는 산딸기가 있다네?"

이 말이 씨가 되어 올해 여행지가 갑자기 결정되었다. 케이크와 쿠키를 굽는 취미가 있는 아내에게 충분히 흥미를 끌만한 소재였다. 이 특별한 산딸기는 노르웨이 북부와 뉴펀들랜드에서만 채취할 수 있다고 했는데 우리는 후자를 선택했다. 목적지는 겨울이 빨리 오는 북극권이라 여름이 가기 전에 서둘러 예약을 진행했다.

도착한 곳은 높은 절벽에서 직접 바다로 떨어지는 폭포가 보이는, 대부분 암석으로 이루어진 아름다운 곳이었다. 절벽 끝에 드문드문 서 있는 밝게 채색된 집들이 선명하게 보였고, 주변 풍광은 황량했지만 무척 아름다웠다. 문제는 구운 사과 맛의 산딸기를 맛보려면 한 달 이상 더 기다려야 한다는 것이었다. 그래도 여행은 실망스럽지 않았다. 오히려 기대 이상이었다. 어느 날 해안을 따라 운전하던 중 거대한 안개를 만나게 되었다. 태양이 바다에서 떠오르는가 싶더니 바다 위의 안개가 둘둘 말려서 우리가 운전하고 있는 길 쪽으로 빠르게 굴러와 순식간에 주위를 하얗게 만들었다. 아무것도 보이지 않았고 움직일 수 없었다. 두렵고 신비로운 순간이었다. 도착한 해변에는 파도가 검은 자갈에 부딪히면서 만들어 낸 낮은 저음의 노래가 들려왔다. 바다 먼 곳에서는 고래가 뿜어내는 하얀 물거품이 솟아올랐고 화려하게 채색된 플라스틱 피규어 같은 퍼핀(코뿔바다오리)이 겁도 없이 가까이서 우리를 쳐다보고 있었다. 매일 차를 몰고 섬 구석구석을 다녔다. 조용하고 깨끗하고, 서늘하면서 상쾌했다. 한여름에 이런 피서를 할 수 있는 곳이 또 어디에 있을까? 아름다운 등대와 세찬 바람. 띄엄띄엄 보이는 아름답게 색칠한 나무집들, 아직 익지 않아 군청색의 이름 모를 산딸기와 낮게 자란 야생화 군락들, 이렇게 많은 것들이 뉴펀들랜드에서 가져온 기억의 선물이다. 여행의 즐거움 중 하나가 계획했던 것을 이루지 못했더라도 의외로 예상치 못한 기쁨을 경험하는 것이다. 검은 자갈이 모두 한 음으로 조용히 부르던 바흐의 아리아, 작은 교회의 나무 의자, 따뜻한 국물이 있던 작은 식당, 평소 같았으면 무시하고 지냈을 소박한 아름다움에 감동했다. 여행의 원래 목적이었던 구운 사과 맛이 나는 산딸기를 맛보는 것은 해를 넘긴 잼으로 대리만족했다. 생산량이 적어서 이곳에서만 살 수 있다는 말을 잊지 않고 아내에게 해주었다.

사람들이 세상을 떠날 때 후회하는 것이 두 가지 있다고 한다. 첫째는 더 많이 사랑하지 않은 것이고 다른 하나는 더 자주 여행하지 못한 것이라고 한다. 나에게 남아있는 길지 않은 시간에서 그 둘을 조금은 채운 것 같아 가슴이 뿌듯했다.

180 x 180 x 35, maple, walnut

사소한 것도 사진으로 남기면 소중한 추억이 된다. 내가 만든 작은 나무 쟁반에 아내가 만든 쿠키를 올리니까 마치 잘 어울리는 부부처럼 보인다. 대조가 잘 되는 나무를 접착해서 안과 밖을 다르게 만들어 색다른 느낌을 주었다. 이러한 작업을 할 때는 결이 고른 부분을 같은 방향으로 맞추는 것이 중요하다. 그렇지 않으면 나중에 틀어지거나 벌어진다.

사르데냐(Sardegna)

사르데냐(이탈리아의 섬)의 9월 하순은 반팔 셔츠가 잘 어울리는 시기이다. 햇살은 여전히 따갑지만 겨드랑이로 들어오는 바람은 시원하다. 널어놓은 빨래는 반나절이면 바짝 마른다. 오래된 작은 골목은 반들거리는 넓적한 돌이 깔렸고 길의 가운데는 부드럽게 패여서 걷는 느낌이 색다르다. 옛날에는 길 가운데로 온갖 오물들이 흘러갔다고 하는데 상상이 가지 않는다. 오래된 벽의 갈라진 틈으로 억척스럽게 살아남은 잡초가 고개를 내밀

내 작업실 부근 마을 어귀를 오래 지키고 커다란 느티나무를 재개발의 이유로 쉽게도 잘라버렸다. 여기 살던 사람들은 모두 떠나버려 이 고목은 혼자 지내기도 어려웠을 것이다. 지나가다 두 동강 난 고목을 발견하고 포클레인과 트럭을 수배하여 어렵게 작업실로 옮겨 놓았다. 벼락을 자주 맞아 나무 안쪽은 까맣게 탄 채로 비어 있었다. 고목에서 떨어진 큰 껍질로 나무접시를 만들었다. 신기한 점은 오래된 나무의 조각으로 무언가를 만들면 그것도 나이가 들어 보인다는 것이다. 아무것도 담지 않고 테이블에 놓아도 혼자서 조용히 잘 지낸다.

고 있다. 시원한 물을 한 컵만 부어주면 금방이라도 꽃을 피울 것 같다. 늙은 농부의 손등같이 힘줄이 앙상한 나무 출입문은 아래가 헤져서 공중에 떠 있는 듯 보인다. 삼각 지붕 사이로 내리쬐는 태양은 혼자 걷는 나를 위해 그림자를 보내준다. 그림자의 윤곽만 보고도 내가 확실하다는 것을 금방 알 수 있다. 평생 나와 같이한 친구는 나를 닮은 이 그림자뿐이다. 해가 내 정수리로 내리쬘 때, 주위에 너무 많은 빛이 반사될 때, 그리고 구름이 밀려왔을 때 그는 보이지 않지만, 내 몸에서 떠난 적은 없다. 길은 조용하고 마주친 할아버지는 온화한 미소로 이방인을 반겨준다. 아침저녁으로는 제법 쌀쌀하지만 산책하기에는 최적이다. 사람들이 여전히 물속에서 수영을 즐기고 있어서 바닷물에 손을 넣어보니 소스라칠 정도로 물이 차다. 외곽으로 나가보려고 시동을 켜는데 엔진오일이 부족하다는 경고등이 뜬다. 오늘이 일요일이라 카센터는 모두 닫은 상태라 할 수 없이 하루는 호텔에서 지내기로 했다. 열어놓은 문으로 시원한 바람이 불어오고 하늘은 파랗다 못해 군청색으로 변했다. 창가의 바람을 맞으면서 책을 읽고 글을 쓰고, 읽고 다시 고쳤다. 다음 날 일찍 카센터를 방문했다. 주인은 무표정하게 차를 열어보더니 오일을 채워 주었다. 얼마냐고 물으니까 그냥 가라고 한다.

"Grazie mille!(많이 고맙습니다)" 라고 하니까 "Prego(천만에요)" 라고 하면서 웃는다.

날씨만큼이나 기분도 좋은 날이다.

내비게이션

오늘은 사르데냐섬을 떠나는 날이다. 페리가 자정에 출발하기 때문에 미리 시간을 맞춰 운전 경로와 방문할 장소를 정하고 출발했다. 도시를 벗어나자마자 차단기가 길을 막고 있었다. 경찰에게 우회로를 물었지만 알아듣지 못한다는 특유의 제스처만 반복한다. 구글 맵은 계속 막힌 길만 고집한다. 일단 해안 도로를 따라가기로 했다. 파란 하늘, 절벽으로 부딪치는 하얀 파도, 청록색의 바다, 그리고 해안 절벽의 능선을 따라가는 부드러운 곡선도로는 마음을 시원하게 풀어주었다. 아름답다는 것은 편하다는 의미가 아니다. 오히려 긴장하고 집중할 때 더 잘 느껴진다.

내비게이션을 다시 설정했다. 이번에는 고즈넉한 시골길이 나왔다. 지도에 경로는 보이는데 막상 길은 보이지 않는다. 옆

길로 들어가 달리니까 목표와 점차 멀어지기 시작하더니 야트막한 산 위에 보이는 작은 교회 앞에서 길이 끝났다. 주위는 조용했고 교회 주변은 아무것도 없었다. 서쪽은 바다, 나머지 부분은 넓은 밭이었고 드문드문 빨간 지붕이 보였다. 오던 길로 다시 돌아가 돌을 치워가며 지도에서 보이는 가까운 길로 겨우 들어갈 수 있었다. 도로는 오래전 폐쇄됐지만 구글은 이를 업데이트를 하지 않았나 보다. 시간이 많이 지체되었기 때문에 우선 식당을 찾아보기로 했다. 멀리 바다로 뻗어나간 하얀 절벽이 보이고 바다의 외적을 감시하기 위하여 지었다는 둥근 돌탑이 보였다. 유럽 사람들은 고대부터 돌을 잘 다루었다. 여행 중 자주 보이는 돌탑은 이미 자연의 일부가 되어 있었다. 가까이 접근하자 하얀색 벽돌로 지은 건물이 해안 절벽과 나무 덤불 사이에 있었다. 아담한 작은 호텔이었다. 밝고 조용한 식당에서 혼자서 식사를 했다. 하얀 식탁보, 창밖의 절벽 아래로 몰아치는 파도, 돌탑과 낡은 돌집이 나의 시야로 들어왔고 꽃을 피우고 말라버린 솟대 모양의 선인장 줄기가 나의 시야를 반으로 나누고 있었다.

여행 중에 예상치 않던 상황이 발생하면 즉시 계획을 바꾸어야 한다. 내 판단의 결과는 금방 알 수 있고 이에 대한 책임도 온전히 나의 것이다. 후회하거나 남 탓할 겨를이 없다.

실수와 후회를 바라지는 않으나 가끔 한 번쯤은 경험하는 것도 괜찮지 않을까? 이 정도의 실수는 나의 정신건강에 도움이 될 것 같다.

Side table, 300 x 300 x 600, soft maple, twigs

특이하게 갈라진 나뭇가지를 보기만 하면 모아 놓았다가 유용하게 사용한다. 셰이커(Shakers) 스타일의 라운드 사이드 테이블(round side table)에서 영감을 받아 자연 소재로 만들어 보았는데 튼튼하지는 않지만 나름대로 소박한 아름다움이 있다.

Capo dell' Argentiera, Sardegna

숙소에서 북쪽으로 한 시간 정도 운전하면, 사르데냐섬을 소개하는 화보에 자주 나오는 아름다운 해안 절벽이 있다고 해서 호텔을 나섰다. 내비게이션의 안내에 따르면 목적지가 아직 5km가 남았다고 하는데, 도로가 점점 좁아지더니 마침내 바다를 향한 좁은 내리막길을 남기고 끝나 버렸다. 오솔길은 해변의 자갈밭에서 끝나고 바람에 힘을 얻은 파도는 검은 바위를 끊임없이 내려치고 있었다. 낮은 관목으로 덮인 산비탈은 가을의 햇살을 흠뻑 빨아들이고 있었다. 바다 가까이에 사각형의 하얀 울타리가 보였지만 집은 보이지 않았다. 조금 열린 철문 사이로 들여다보니 작고 아름다운 돌집들이 어깨를 맞대고 낮게 배열되어 있었다.

공동묘지였다. 쉬지 않고 불어오는 바람과 파도를 맞으면서 나란히 배열된 아름다운 대리석 집들은 작은 신전 같이 보였다. 영혼이 지내기 좋은 집의 크기를 어떻게 가늠했을까 궁금했다. 중세 유럽에서는 묘지가 도시 한가운데에 있었다.

삶과 죽음이 혼재하던, 신이 모든 것을 통치하던 시대에는 집과 무덤은 모두 친숙한 것이었다. 이후 문명이 세속화되면서 죽음은 더 이상 살아있는 사람들과 함께 지낼 수 없게 되었고, 결국 교외로 떠나야 했다. 하지만 오래전 떠나간 망자들은 도시에 살던 때를 여전히 그리워했다. 그래서 이곳의 망자를 위한 아름다운 작은 집들은 모두 바다를 등지고 서서, 찾아온 사람들과 마주하며 오래 참고 있던 이야기를 들려주고 싶어 했다. 그러나 사람들은 그들에게 가벼운 눈인사만 건네고, 이내 먼 바다를 바라보며 자신들의 미래를 생각한다.

힘들게 길을 물어가며 찾아간 목적지는 닫힌 철문이 접근을 막고 있었다. 한때 광산 개발로 북적거렸다는 마을은 석탄이 더 이상 필요 없게 되자 채굴이 멈추면서 폐허로 이어졌다. 마을 끝에 보이는 작은 백사장에만 파도가 밀고 온 해조와 나뭇가지들이 수북하게 쌓여 있을 뿐이었다. 떠나간 사람들의 기억이 남겨진 이곳도 역시 묘지였다.

230 x 120, walnut, ebony, maple

나무 십자가는 여러 모양으로 많이 만들었는데 이제 이것 하나만 남아 식당 벽에 걸려있다. 십자가는 나무 두 개만 교차시키면 만들 수 있지만 나는 좀 더 깊은 어떤 의미를 부여해야 한다고 생각했다. 한 조각의 호두나무에서 십자가 문양을 한 덩어리로 잘라낸 다음 가운데에 홈을 파고 어두운 색깔의 나무들을 얇게 잘라서 층층이, 점차 깊어지도록 붙였다. 마지막으로 가장 깊은 가운데 부분은 밝은 단풍나무를 끼워서 시선이 집중되도록 했다. 같은 모양으로 세 개를 만들었는데 하나는 일찍 암으로 고생하던 누나에게, 그리고 다른 하나는 아내가 친하게 지내던 친구의 관 속에 넣어서 같이 묻었다.

같은 배를 두 번째 탔을 때

여행을 시작하고 꽤 지났으나 하루하루를 때우며 지내는 기분이다. 지금은 울퉁불퉁한 돌길을 따라 짐을 끌고 선착장으로 가고 있는데 숙소를 옮긴다는 것이 여전히 귀찮고 힘이 든다. 북유럽 도시답게 이곳 스톡홀름에서도 조금만 걸어도 공원이 보이고 뛰어노는 아이들이 많이 보인다. 스웨덴의 인구수를 생

각하면 이 나라의 아이 대부분이 공원에 나와 있는 느낌이다. 인상적인 것은 유모차를 끌고 나온 사람들 반 이상이 아빠들이라는 것이다. 스톡홀름에서 헬싱키로 가는 페리의 12층 갑판에 올라갔다. 20년 전에 오늘과 반대 행선지로 같은 배를 탄 적이 있다. 그 당시의 기분과는 사뭇 다르다. 옛날에는 흥분해서 여기저기 돌아다녔고 밤늦게까지 맥주도 마셨다. 조용하게 배가 움직이기 시작한다. 사방은 매우 고요하고, 주변 섬들이 뒤로 가는 것인지 아니면 배가 앞으로 가는지 모를 정도로 매끄럽게 움직이고 있다. 바위로만 이루어신 삭은 섬에는 오래전 죽어 탈색된 줄기를 뚫고 나온 소나무와 자작나무의 잎들이 저녁 빛을 받아 횡금색올 강하게 반사하고 있다. 섬도 많고 나무도

많다. 겨울만 길지 않다면 한번 살아 보고 싶은 곳이다. 멀리 보이는 오두막집의 작은 창이 청사초롱같이 반짝거린다. 스웨덴 사람의 별장에는 전기와 수도, 심지어는 화장실도 없다는 얘기를 들었다. 자연으로 들어가고 싶으면 그렇게 하는 것이 맞다. 무인도 같았던 섬들에도 저녁이 되니까 작은 불빛들이 여기저기서 반짝거린다. 방에 돌아와 침대에 누웠지만 배 밑바닥에서 올라오는 저음의 엔진 소리가 몸으로 전달되어 잠을 이룰 수 없었다. 컵라면에 물을 채워 다시 갑판으로 올라갔다. 주위는 어둡고 아무도 없었고 조용했다. 찬바람을 얼굴에 맞으면서 오랜만에 맛있게 국물까지 남김없이 먹었다. 배가 따뜻해지며 기분이 편안해져서 다시 따뜻한 이불 속으로 들어갔다. 좀 전과는 전혀 다른 기분이 들었다. 이렇게 수시로 마음이 변하니 나와 같이 지내는 사람이 얼마나 힘들지 생각이 들자 갑자기 아내에게 미안한 마음이 들어 고마웠고 또 보고 싶었다.

나 같은 사람이 많을까?

쇼팽의 첼로 소나타(G minor, Maria Joao Pires & Pavel Gomziakov)를 듣고 감동이 사라지기 전에 무언가 만들고 싶었다. 젊은 첼리스트와 중년의 피아니스트가 함께한 호흡은 완벽했다. 감정적일 수 있는 피아노를 최대한 눌러가며 첼로와 이어가는 한음 한음은 마치 봄날의 벚꽃처럼 하늘에서 흩날리며 첼로 몸통으로 떨어지고 있었다.

800 x 260 x 450, maple burl, walnut

카스텔라나 동굴(Grotte di Castellana)

석회암 벽돌로 이루어진 건물은 청결한 아름다움이 느껴지며 지어진 시기와 무관하게 주변과 잘 어울린다. 화려한 대리석으로 치장한 교회나 궁전도 훌륭하지만, 나는 평범하게 보이는 석회암을 그대로 노출한 내부가 더 좋다. 석회암은 하얀색부터 연노랑, 베이지, 회색, 심지어는 핑크까지 색이 다양하고 가공이 어렵지 않아 직선과 곡선 모두 표현하기 좋다.

이탈리아인은 돌을 잘 다룬다. 백 미터가 넘는 올리브 농장 울타리도 아주 반듯하게 각을 잘 살려 돌로 쌓는다. 새로 지은 집도 수백 년 된 교회나 성벽과 잘 어울린다. 파도와 석회암이 만나면 누구도 예상하지 못한 작품을 만들어 낸다.

이탈리아에는 석회암 동굴이 흔해서 이번 방문하는 곳도 큰 기대는 하지 않았다. 목적지에 도착했다며 내비게이션이 안내를 끝낸 곳은 평범한 네모진 건물이 앞에 보이는 작은 광장이었다. 광장에는 두 노인이 기타를 연주하고 있었다. 건물에 들어가 계단을 내려가자 넓은 공간이 나오더니 천장의 둥근 구멍을 통해 강한 햇빛이 들어왔다. 일종의 땅 꺼짐(sink hall) 같은 곳이었고 여기서부터 동굴이 시작되었다. 처음에는 검게 착색된 종유석들만 보였지만 길을 따라 걸어 들어가다 보니까 분위기가 심상치 않다. 수십 미터 높이의 천장이 계속 이어지고 셀 수 없이 많은 종유석이 매달려 있어 마치 거대한 고딕 성당에 들어온 느낌이었다. 종유석에서 떨어지는 물방울은 영겁의 시간을 거치면서 천장과 바닥에 다양한 모양을 만들어 냈다. 내 눈에는 왜 이렇게 부처님 앉은 모습만 보였는지 모르겠다. 때로 진시황릉 기마병이 보이기도 하고 황룡사 돌벽에 새겨진 사라센 장수의 모습도 보였다. 길게 이어지는 터널의 천장은 높고 반듯해서 성당처럼 보이는데 아무리 보아도 다비드나 마돈나, 혹은 예수 모양을 찾기가 어려웠다. 나름대로 해석을 해보면 천정에서 떨어진 물이 바닥에 떨어져 퍼지면서 둥근 모양을 만들다 보니까 눈사람 모양으로 변하는 것 같다. 뾰쪽한 코와 날카로운 턱을 가진 서양인 모습은 만들어 내기는 어려웠을 것이다.

얼마나 걸었는지 이제 돌아갔으면 할 때 '그로타 비앙카 (grotto bianca)'라는 곳에 들어섰다. 넓고 높은 둥근 공간이 나오더니 아득히 높은 천장에는 은하수 같은 하얀 종유석들이 길게 아래를 향하고 있었고 아래에서 비치는 불빛에 샹들리에처럼 빛을 반사하고 있었다. 세상의 어느 곳이 이보다 화려하고 순수하게 보일까? 문득 알람브라궁전의 천장 장식이 떠올랐다. 아랍인들도 이러한 동굴의 천장에서 내려오는 빛나는 종유석을 보고 천국(paradise)을 생각하지 않았을까? 그동안 많은 동굴을 가봤으나 이 정도의 큰 규모를 본 적은 없었다.

숙소로 돌아오면서 길을 따라 길게 이어진 석회암으로 쌓은 벽을 다시 보았다. 이곳 사람들은 손재주가 좋아 볼 것을 많이 만들었고, 자연도 이를 거들었다. 게다가 음식까지 훌륭하니 사람들이 모여들 수밖에 없다는 생각이 들었다. 뿌옇고 텁텁한 물을 마셔야 했지만, 대신 많은 것을 받았다.

손주 돌 사진을 찍으려고 만들었다. 시간과 정성을 들였지만, 처음에만 몇 번 흥미 있어 하더니 다음부터 편치 않은지 앉으려고 하지 않았다. 할아버지의 의욕만 앞 세우고 아기의 마음은 고려하지 않은 결과였다. 자주 경험하는 일이지만 아이들은 항상 솔직하다.

750 x 300 x 300, Cherry, zelkova, cotton tapes

5부 아직도 현명해질 시간이 남았다

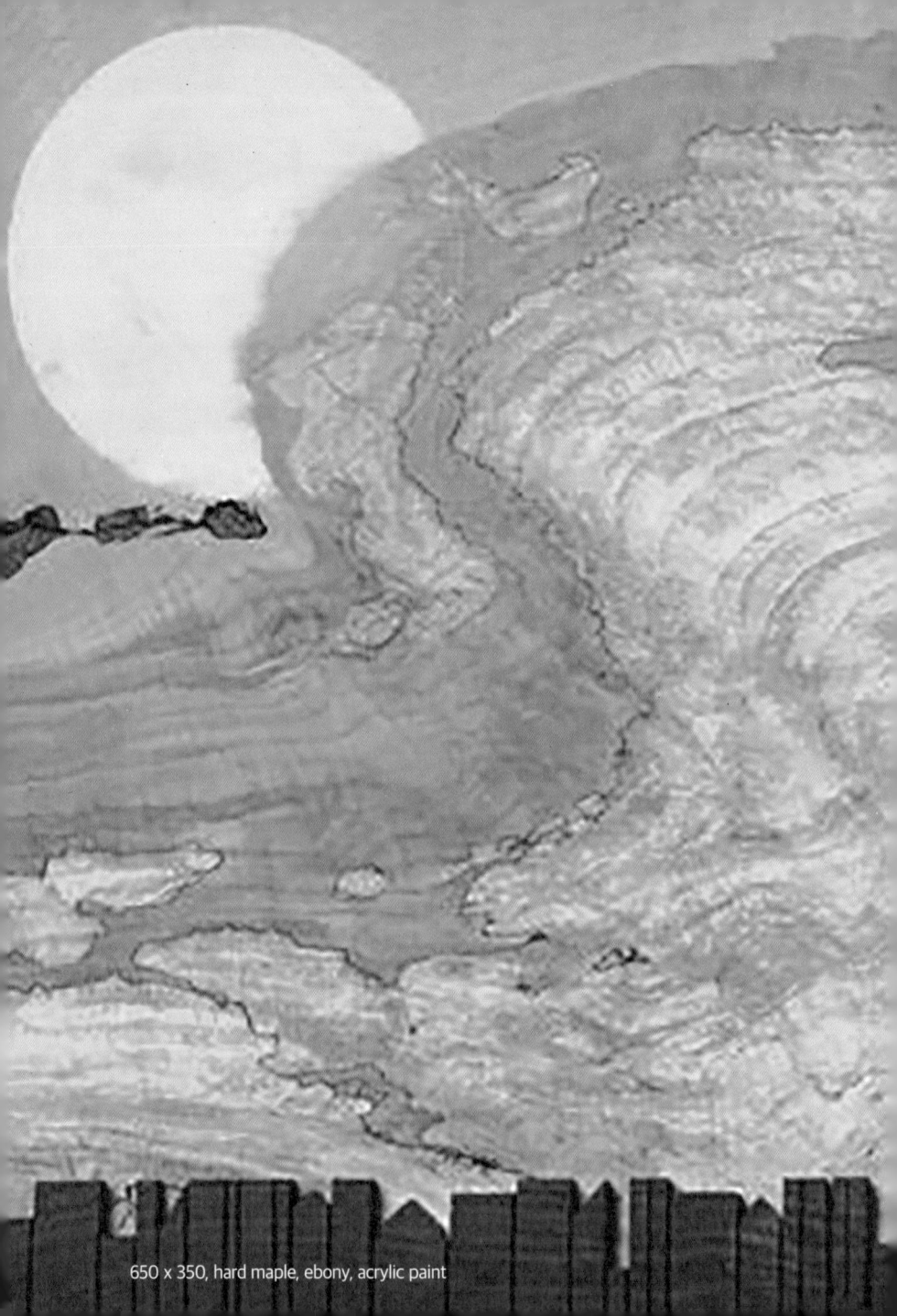

650 x 350, hard maple, ebony, acrylic paint

단풍나무를 발견한 곰팡이는 천천히 파고들며 자신의 흔적을 뒤로 남긴다. 내 눈에는 맹렬하게 하늘로 치솟는 불길처럼 보였다. 내 마음속의 욕망, 불안과 공포였다. 그 안에 아직 남아있는 희망도 찾아내고 싶었다.

나를 믿는다는 것

용기가 필요하다.
이제 오른쪽 발만 내밀면 된다.
바닥이 보이지 않더라도,
이미 창문은 활짝 열어놓지 않았는가?

베드로는 주저했고,
인디아나 존스는 모래를 뿌려 확인했다.
나도 확실한 무엇이 필요하다.
바닥이 보이지 않으니까.

잠깐 아래로 휘청하다가
서서히 몸이 떠오른다.
이제 손을 양쪽으로 펼쳐서
균형을 맞춘다.

콧속으로 새벽의 한기가
상쾌하게 들어온다.
고개를 돌려가며
유영을 시작한다.

검은 사각형의 틀 안에서
희미하게 비치는 창,
별과 달은 여전히 창백하다.

언제부터 원하던 것이었던가?
필요한 건 처음 한 발을 내딛는 것이었다.
나 자신을 믿는 것.

커피 향을 기대하기 아직 이른 시간,
아직도 꺼지지 않은 메케한 숯 냄새,
발효된 쓰레기의 달큰한 향,
모든 것은 그 자체로 의미가 있다.

머리를 돌려 숲으로 향한다.
새벽의 이슬은 피톤을 내뿜게 하고
일찍 깨어난 새끼들은 소곤거린다.

반사가 시작된 곳은 먼바다,
열정이 아직 남아있는 곳.
이제 돌아가야 한다,
밀랍이 녹기 전에.

온기가 남아있는 이불 속으로
최대한 밀착하여 엎드려,
눈을 감는다.

제3막

'노인', '늙어감', '나이 들어감'과 같은 단어들을 머릿속에 떠올린다는 것이 유쾌한 일은 아니다.

산책 중 갑자기 연극의 '3막(Act III)'이란 단어가 떠올랐다. 이 단어가 늙어감을 표현하는 데 사용된다는 것은 시의적절(時宜適切)했다. 농경사회가 지속되면서 사람들은 '노년'이라는 단어를 쉬고, 기다리고, 그리고 잠이 드는 무료함과 무력감을 표현하는 단어로 전락시켜 버렸다. 그렇다고 활발함, 의욕, 희망 같은 단어로 꾸밀 일도 아닌 것은 분명하다.

아기는 태어나면 눈으로 들어오는 낯선 빛을 느끼면서 강하게 울어댄다. 그리고 부모의 품에서 안전하게 양육되고 마침내 일어나 걸을 수 있게 된다. 젊은이는 배우고 노력하며 시도하고 실패를 경험한다. 많은 일을 계획하고 해결해 나가는 시기를 겪고 나면 이제는 그동안 일어났던 일들을 정리하며 자신의 인생에서 얻게 된 의미를 찾게 된다. 더 지나면 후손에게 남길 무엇인가를 찾아내는 순간이 다가올 것이라는 생각이 든다.

바로 이것이 3막의 내용이 되는 것이다. 정리하면서 무언가 반전되는 놀라움, 그리고 이후의 여운과 오래 남는 기억까지 남겨야 하는 시기가 온 것이다. 벌여 놓은 일이 많을수록 정리해야 할 일도 많게 되지만 정리의 방법은 의외로 간단할 수 있겠다는 생각이 든다.

버리면 되는 것이다. 무엇을 남기고, 어떤 것을 버려야 할지 결정하기 위해서는 지혜가 필요하고, 지혜는 지식과 경험에서 만들어진다. '버린다'라는 것은 오랫동안 축적된 경험과 알고자 하는 의욕과 실행을 전제로 한다.

프루스트(Marcel Proust)는 그의 소설 '잃어버린 시간을 찾아서'에서 달을 비유하면서 이러한 분위기를 잘 보여주었다. 연극이 끝나고 관객들이 떠나간 극장은 텅 비어 있다. 아직 열기가 남아있는 무대 아래를 중년을 넘긴 한 여자가 천천히 걷고 있다. 무대와 객석을 교대로 바라보며. 아직도 그녀의 머리에는 연극 대사가 생생하게 남아있어, 당장이라도 무대 위에서 재현할 수 있을 것만 같았다. 그러나 아무도 없는 이 커다란 공간에서 그녀는 고개를 반듯하게 들고, 약간은 오만한 자세로 허리를 펴고 앞만 보면서 천천히 걷는다. 프루스트(Marcel Proust)는 이 모습을 달과 같다고 했다.

우리의 노년도 약간은 거만한 자세로 혼자 천천히 걸어갈 수 있어야 한다. 누구도 흉내 낼 수 없는 경륜이 풍겨 나와야 한다.

마치 달빛같이.

560 x 300, denatured hard maple burl, ebony, acrylic paint

잔잔한 호수에 비친 숲의 모습을 보고 있으면, 위와 아래 어느 쪽이
진짜인지 혼동될 때가 있다. 나는 물아래로 비친 모습이 더 사실적으
로 느껴질 때가 많다. 나의 맘도 그렇다. 둘로 갈라져 버린 마음 중 어
떤 것이 진짜 살아있는 나의 것인지 모를 때가 있다. 변함없는 일상
과 숨겨진 두려움도 비슷하게 보일 때가 있다.

해야 할 일, 하고 싶은 일

사춘기에는 해야 할 일만 있다고 생각했다. 청년기에 들어서자 해야 할 일에 집중했고, 하고 싶은 일은 언젠가 하고 말 것이라고 다짐했다. 중년이 되자 익숙함과 여유로움 덕분에 둘 다 가능할 것 같았다. 그러나 나이가 든 지금, 내가 해야 할 일이 무엇인지 내가 무엇을 원하는지 알기 어려워졌다.

젊은 시절 고통스럽게 새벽부터 찾아오던 우울은 세월이 주는 경험이 많이 상쇄시켜 주었다. 젊은 시절의 대책 없이 무모했던 행동에서 벗어나려는 몸부림이 막상 나이가 든 이후에는 그리운 추억이 되기도 한다. 해야 할 일로부터 조금씩 벗어나고 있는 나는 이제 거울을 보면서 나의 본래 모습을 좀 더 자세히 관찰하려고 한다. 젊을 때 해야 할 일을 좀 더 충실하게, 꾸준히 했더라면 현재 나의 상황이 좀 더 나아졌을지도 모른다.

750 x 500, various exotic woods

나무를 켜면 바로 나타나는 색은 아름다움을 넘어서 신비롭기까지 하다. 하지만 처음 만난 색을 그대로 유지하기는 어렵다. 여러 가지 자외선 차단제를 사용해 보았지만 만족스럽지 않았다. 가능하면 직접 직사광에 노출하지 않아야 한다. 신기한 점은 처음 만들어졌을 때 띠던 연한 색들의 조합은 젊음의 무한한 가능성으로 느껴지지만, 시간이 지나면서 바래 버린 색은 처음의 인상에서 멀어지고 오히려 전혀 다른 느낌으로 다가오기도 한다는 것이다. 사진의 장점 중 하나는 처음 제작할 당시 느낌을 그대로 보존할 수 있다는 것이지만, 자연에서는 시간이 지나면서 변하는 색의 변화를 나이처럼 받아들일 마음의 준비를 해야 한다.

하지만 이제 되돌릴 수 없다.
아니,
잘 생각해 보면 많은 부분은
아직도 가능할 것 같은 생각이
들기도 한다.
기억을 되살리며 건강을
잘 유지해야 하는 것은
두말할 필요도 없다.

오랫동안 해오던 일을 마친 다음 날
_ 2024. 08. 21

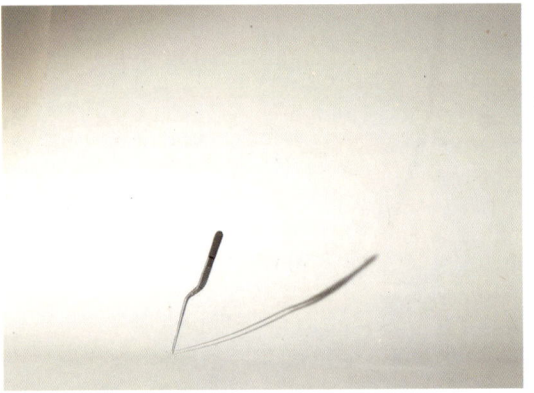

850 x 600, bayonet forceps

길게 늘어진 그림자는 긴 시간을 의미하지만 당당함이 배어 나온다.

바요넷 집게(bayonet forceps)는 신경외과 의사의 가장 친한 친구이다. 시야를 가리지 않고 좁고 깊은 곳에서 작업할 수 있기 때문이다. 현미경을 이용한 뇌혈관 수술에 사용하는 수술 기구는 대부분 이 집게를 변형한 것이다. 선배가 은퇴를 앞두었을 때 그에게 무언가 의미가 있는 선물을 해주고 싶었다. 사진작가와 함께 반나절 이상 씨름한 끝에 완성할 수 있었다. 길게 늘어진 그림자는 긴 시간을 의미하지만 당당함이 배어 나온다. 선배는 아주 좋아했고 이 작품을 거실에 걸겠다고 했다.

차분했지만 가볍지 않은 마음으로 짐을 정리했고 여행계획을 다시 점검했다. 두 달 동안 혼자서 여행한다고 생각하니까 설렘과 함께 불안감도 생긴다. 동료 직원들은 서운해하면서 지난 6년간의 추억을 담은 사진 앨범을 만들어 주었고, 나의 고별사를 듣던 중 눈물을 보이기도 했다. 오늘은 손주의 생일이어서 아들 가족과 저녁에 모였지만 아무도 나의 은퇴에 대해 언급하지 않았다. 집에 오자 바로 잠이 들었으나 새벽에 깨어나서 커피를 내렸다.

예정되었던 은퇴 후 기다리던 여행을 하게 되었는데 왜 기분이 우울했던 것이지?

집에서 항상 내 담당이었던 청소기 사용법과 쓰레기 분리수거 요령들을 아내에게 알려주었다. 나 혼자만의 여행은 그냥 충동적으로 정한 것은 아니었다. 오랫동안 나름 여러 의미를 부여하고 있었다. 혼자서 지내면서 나의 지난 생활을 돌아보기, 앞으로 할 일을 구체적으로 계획하기, 오랫동안 미루었던 글을 정리하기, 그리고 영원히 같이 지낼 수는 없는 우리 부부의 독립적인 생활을 미리 경험해 보는 것들이었다.

사무실에서 가져온 물건들은 내 방의 서랍에 넣었다. 몇 개

되지 않았고 그렇게 중요해 보이지도 않았다. 나에게 필요하고 의미 있는 것은 계속 바뀌고 있었지만 이를 알지 못했을 뿐이었다.

은퇴란 오랜 기간 충실하게 해왔던 일에 대한 보상이 아니던가? 나는 앞으로도 무언가를 계속 해 나갈 것이다. 단지 차이가 있다면 지금부터 하는 일은 대부분 나를 위한 것으로 바뀐다는 것이다.

첫 월급을 받은 후 벌써 46년이 지났다. 참 오랜 세월이다.

50년을 채우고 싶었던 욕심이 없었던 것은 아니지만 이 부분은 아내가 나를 대신하여 이룰 것이다.

지금 나에게 필요한 것은 볼썽사나운 자기연민에서 벗어나는 일이다. 그동안 잘해오지 않았는가? 충동적으로 저지른 다음 이내 후회했고, 성취한 다음에는 보람도 느꼈다.

이제 너무 멀리 보지 않고 가까운 곳을 보면서 아이처럼 철없이 살아 볼 기회가 온 것이다.

앞으로 바빠질 것 같다.

정박한 배

2300년 전 그리스의 철학자였던 에피쿠로스가 언급했던 노인의 행복에 대한 한 구절을 읽고 매료되었다.

"행운을 누린 사람은 젊은이가 아니라 잘 살아온 노인이다. 젊은이는 우연에 따라 방황하며 믿음이 흔들리지만, 노인은 항구에 정박하여 진정한 행복을 지키기 때문이다."

그러나 이 문장을 자꾸 반복해서 읽으면서 한편으로 의구심이 들었다. 나와 똑같은 의문을 가졌던 작가 존 A. 쉐드(John A Shedd)가 대신 친절하게 대답해 줬다.

"항구에 있는 배는 안전하나, 배는 그런 목적으로 만들어지지 않았다."

간결하고 훌륭한 지적이었지만 좀 더 친절한 설명을 듣고 싶었다. 대니얼 클라인(Daniel Klein, 철학자)은 에피쿠로스가 언급한 정박한 배에서 햇볕을 쬐면서 즐길 수 있는 사람은 '완벽한 노인'이 되었다는 것을 의미한다고 했다. 사람들은 나이가 들어서도 '영원히 젊은' 노인이 되기를 기대한다. 이런 사람은 결코 배 위에서 한가롭게 행복을 즐길 수 없다고 말한다.

그렇다면 '완벽한 노인'이란 어떠한 상태일까? 배 위에서 여유롭게 쉴 수 있는 노인은 오랜 세월 동안 축적한 경험을 충분히 가지고 있는 사람을 말하는 것이리라. 그런 노인이 나이가 들어가는 것을 받아들이는 방법은 나이 듦 그 자체가 의미 있는 무언가로 구성된 삶을 이해하는 것이라고 했다. 역시 이해하기 쉽지 않은 문장이지만 공감한다. 노력한다고 늙어가는 것을 늦추거나 고통을 막을 수 없다. 건강한 신체를 가진 동안 감사하고 즐겨야 한다는 뜻과 통한다. 젊을 때는 "해변이 눈에서 사라져도 괜찮을 만큼 용기가 없다면 결코 바다를 건널 수 없다"라고 말한 콜럼버스와 같은 기개를 가져야 한다. 그러나 지난 과거를 회상하는 노년에는 "내 배가 어디를 항해하든 나와 함께 행복한 나날은 지나간다"라는 조슈아 슬로컴(Joshua Slocum, 항해사/탐험가)의 말에 더 수긍이 갈 것이다. 상황을 어떻게 받아들이는지에 따라 기분도 달라질 수 있다. 윌리엄 A. 워드(William A. Ward, 작가)는 "비관주의자는 바람에 대해 불평하고, 낙관주의자는 바람이 변할 것을 기대하고, 현실주의자는 돛을 조정한다"라고 말했다. 나에게 노인이란 이제 느긋하게 배 위에 누워서 떠가는 구름을 바라보며 지낼 수 있는 때가 온 것을 의미한다. 그동안 준비를 잘 해왔는지 조금 걱정되기는 하지만 말이다.

보르헤스(Jorge Luis Borges, 작가)는 이러한 걱정과 관련해 결론을 내려도 될 만한 말을 했다.

"작가는 누구나 두 개의 작품을 남긴다고 했다.
글로 쓴 것과 자신의 이미지, 이 둘은 끝까지 서로를 쫓고 쫓는다."

우리가 바랄 수 있는 건 최소한 하나에서라도 가치 있는 결말을 끌어내고 이에 만족하는 것이다. 나는 한 목숨이 떠날 때마다 사라지는 작은 지혜에 감동한다. 나도 언젠가 정박한 배에 올라서 먼 푸른 바다를 느긋하게 바라보고 싶다. 그때가 되

면 에피쿠로스와 보르헤스의 말들을 좀 더 잘 이해할 수 있을

까?

내 작업실까지 힘들게 걸어오신 어머니는 문밖의 작은 의자에 앉아서 나를 바라보는 것을 좋아하셨다. 그래서 오래 앉아도 편하게 쉴 수 있도록 의자를 넓고 낮게 만들어 보았다. 어머니는 이 의자를 몹시 좋아하셔서 두툼한 담요를 깔고 양발을 모두 올린 다음 나와 얘기하다가 졸기도 하셨고 때로는 식사까지도 의자에서 하셨다.

400 x 1000 x 650, mahogany, cedar tree, linseed tapes

애디론댁 의자(Adirondack chair)는 만들기 쉽고, 삼나무를 사용하면 가벼워 야외에
사용하기 좋다. 모기가 극성을 부리기 전 내 작업실 밖은 멍때리다가 잠들기 좋은
장소이다. 이 계절에는 머리 위에서 살구와 매실이 익어간다. Cedar tree

고통 없는 편안한 삶

새벽만 되면 항상 깨어나 화장실에 다녀온다.

오늘은 토요일인데도 새벽의 몸은 무겁고 정신은 불편한 감정으로 가득 차 있다. 잠을 더 자기가 어려워 거실 소파에서 책을 들고 접었던 부분을 폈다. 다행스러운 점은 아직 책을 집중해서 읽을 수 있다는 것이다. 얼마 지나지 않아 다시 찾아온 나른함에 소파에서 잠이 들었고 오랜만에 늦게까지 잤다. 정말 오랜만에 경험하는 상쾌한 기분이었다. 아내가 지나가는 발소리도 듣기 좋았고 몸도 가볍고 아픈 곳도 없었다.

가벼운 몸과 마음으로 작업실로 가던 때가 언제였던가? 아마도 새벽에 다시 든 잠이 깊게, 늦게까지 잘 이어진 덕분일 것이다.

전에도 이런 기분을 느낀 적이 있다. 내시경 검사를 하면서 투여한 마취제에서 깨어났을 때였다. 검사를 했던 사실도 잠시 기억하지 못했고 몸과 마음이 가볍고 상쾌했다. 무엇이든지 할 수 있겠다는 생각이 들었다. 연예인들이 이 주사를 선호한다는 것을 조금 이해할 수 있었다. 이 마취제를 무조건 마약에 포함할 필요는 없다는 것이 나의 개인적인 생각이다. 적용할 수 있는 범위를 철저히 검증하고 까다로운 투여 기준을 정하고 관리한다면 분명히 환자들에게 도움이 될 수 있는 약이다.

싸늘한 날씨와 따뜻하고 진한 커피, 그리고 빠른 재즈가 완벽하게 어울리는 토요일이다. 오늘따라 작업실에 피운 장작의 불꽃도 화려하고 따뜻하다. 창밖의 나뭇가지 끝은 아직 마르지 않은 물방울로 반짝거린다.

사람들은 의지와 열정이 가장 중요하다고 하지만 좀 더 생각하면 몸이 우선이라는 생각이 든다. 고통 없는 편안함이 삶에서 최우선으로 고려되어야 한다는 생각이다. 고대 그리스 철학자였던 에피쿠로스는 말년에 간담과 신장질환으로 고생했다고 한다. 그는 친구들과 나누었던 즐거운 대화를 떠올리거나 독서를 하면서, 계속되는 통증을 참아냈다고 한다. 과연 이것이 가능했을지 회의적인 생각이 들기도 하지만 마땅한 방법이 없었던 그 시절에 무엇을 할 수 있었을까?. 그가 주장했던 아타락시아(정신적인 평정)를 추구하는 삶은 현대인에게도 똑같이 중요하다.

고통으로 힘들었던 에피쿠로스에게 내가 가끔 사용하는 진통제를 나눠줄 수 있었다면 그의 말년은 조금 더 편안할 수 있었겠다는 생각을 해봤다.

정신이 신체를 극복할 수 있을까?

새벽에 일찍 깨어나 다시 잠을 청하기가 어려운 상태가 되면 갑자기 근원을 알 수 없는 불안과 걱정이 몰려온다. 이유를 알 수 없는 공포, 슬픔, 무기력함 등이 한꺼번에 밀려오면 나는 누워서 꼼짝할 수 없는 상태가 된다. 젊었을 때는 없었던 일이다. 이런 상황이 발생하면 한참 동안 꼼짝하지 않고 누웠다가 천천히 일어나서 양치질만 하고 일찍 출근한다.

깜깜하던 하늘이 서서히 밝아지면서 기분이 조금씩 풀리기 시작하고 찬 공기가 얼굴에 닿으면서 마음이 안정된다. 나이가 들수록 푹 자는 시간을 늘리는 것이 건강을 지키는 가장 확실한 비결이라는 사실이 더욱 절실하게 다가온다. 아침 산책이 때로 버거울 때가 있지만 어떻게든 밖으로 나가려고 노력한다. 무언가를 계획하고 지속하는 것이 어렵다는 사실을 잘 알고 있

작업실 근처에는 까치 떼가 극성이어서 작은 새들은 얼씬도 하지 못한다. 작은 새들만 드나들 수 있게 창살을 치고 새장을 만들어 모이를 넣었지만 작고 예쁜 새들은 끝내 오지 않았다. 나중에 알게 된 사실이지만 작은 새는 쉽게 숨을 수 있는 낮은 곳을 따라 여기저기 옮겨 다닌다고 한다. 나는 그것도 모르고 새장을 너무 높이 걸어 놓은 바람에 작은 새들이 끝내 찾아오지 않았다.

400 x 200, pine, bamboo

기 때문에 처음 시작이 신중해진다. 젊었을 때의 의욕과 무모함은 건장한 신체 덕분이었던가? 열정이 아직 남았다면 신체의 피곤함을 어느 정도는 극복할 수 있지 않을까? 정신과 신체가 같이 늙어간다는 것이 사실이다. 이것을 받아들이는 것이 어려울 따름이다. 동물 세계를 보면 생식과 양육이 끝나면 각 개체의 생명이 다하는 순간이다. 수컷은 무리에서 배척되고 암컷은 다른 새끼들의 양육을 분담하지만 오래 가지 못한다. 사냥에 참여하지 못하면 식사의 우선순위도 밀린다.

인간은 나이가 들수록 오래 살아야 한다는 당위성을 찾는다.

"마음은 육체에 종속되었다"라는 몽테뉴의 말이 맞다. 그는 오래전부터 이것이 노년에 특히 중요한 사실이었음을 알고 있었다. 고통과 불안은 어느 나이에 나타나도 심각한 문제이지만 노년에는 더욱 흔하고 해결하기 어렵다. 선인들이 언급했던 몇 가지 글을 떠올려 본다.

"가장 분별 있는 인간은 즐거움이 아니라 고통으로부터 자유를 얻으려 애를 쓴다." _쇼펜하우어

"바깥의 모든 것들이 미친 짓거리라도 좋다. 내 마음에 불안의 요소만 없다면." _세네카

"삶의 단편들을 놓고 흐느껴 봐야 무슨 소용이 있겠는가? 온 삶이 눈물을 요구하는 것을." _세네카(아들 메틸레우스의 죽음에서 헤어나지 못하던 마르키아에게 보낸 위로 편지에서)

세네카는 고통을 피할 수 없는 상황이라면 순응하라고 했다. 노쇠한 신체를 가지게 되면 피곤함은 피할 수 없는 일이다. 정신으로도 그것을 뒤바꿔 놓지 못한다. 그런 사실을 담담하게 받아들이면 마음은 조금 편해질 것이다.

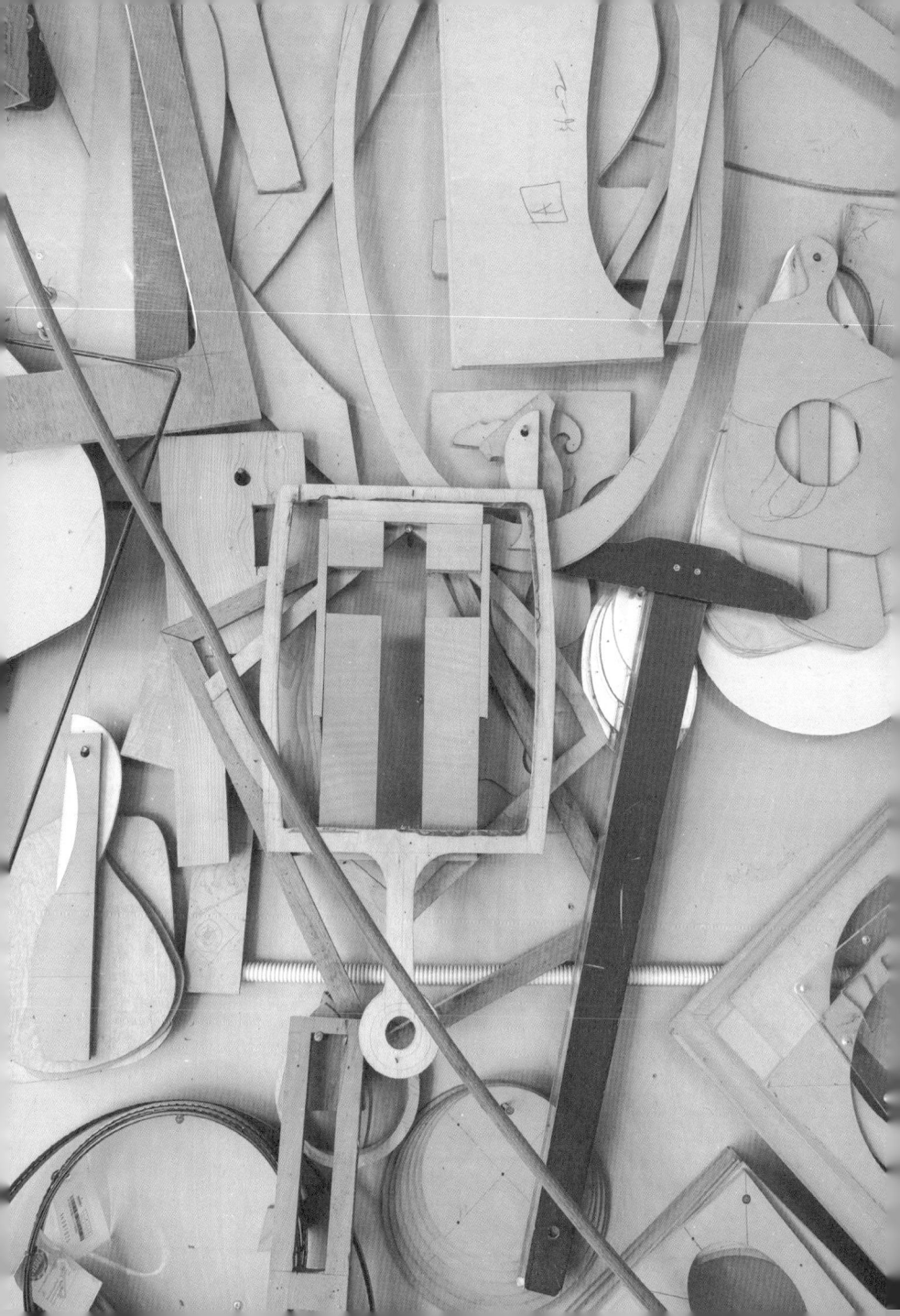

행복과 고통

적절한 피곤함은 살아가는 데 도움이 된다.

몸이 피곤하면 과도한 흥분이나 지나친 열정을 억누를 수 있다는 좋은 점이 있다. 행동을 앞세우지 않고 차분하게 천천히 생각해 볼 수 있는 여유가 생긴다는 뜻이다. 수많은 현명한 선인들이 고통을 피하려고만 하지 않고 감수하면 마음의 평정을 가질 수 있다고 하였다. 신을 섬기던 사람들에게 행복은 쾌락이 아니었고 신들이 보기에 가치 있는 삶을 영위하는 것이었다. 예전 사람들은 "행운은 누구에게 올지 알 수 없었고 심지어는 행운의 여신이었던 포르투나조차 모른다"라고 생각했다. 포르투나는 둥근 공에 올라가 눈을 감고 물레를 돌리고 있어 언제 어디로 행운이 튀어 나갈지 자신도 알 수 없었다. 기대하지 않았던 행운을 받은 사람은 자랑하지 않았고 조용히 신에게 감사의 제사를 지나무 창고를 정리하다가 아이디어가 떠올라 만들어 보았다. 상판이 잘 나와서 사용할 때마다 기분이 좋았다. 여러 가지 나무 조각들을 이어 붙일 때는 충분히 잘 건조된, 그리고 나뭇결의 방향을 잘 맞추어야 한다. 나무의 옹이 부분이 멋있다고 포함시키면 이 부분 주위로 틈이 생길 가능성이 있다. 상판에 맞는 다리를 구상하고 제작하는 것은 여전히 나에게는 잘 풀지 못하는 숙제다.

1000 x 600 x 750, various exotic woods

냈다. 고통과 불행이 누구에게 돌아갈지 알 방법이 없었던 당시 사람들은 묵묵히 이를 받아들였고 남의 탓을 하지 않았다. 세상이 공평하지 않다는 것을 당시 사람들은 이미 알고 있었다. 재능이 있는 사람들은 뽐내지 않았고 더욱 겸손했으며 정진했다. 재능(talent)은 신이 준 선물이었으므로 함부로 사용하면 신의 노여움을 불러올 수 있다고 생각했다.

그러나 현대 시대에는 모든 기회는 공평하고, 노력하는 사람이 무언가를 먼저 받는 것으로 세뇌되었다. 고통이 발생하면 무언가 잘못되었다고 느끼고 상당 부분은 자신이 잘못해서 발생한 것으로 생각한다. 틱낫한(Thich Nhat Hanh)스님이 이에 대한 답을 주었다. "행복으로 가는 길은 없다. 행복이 길이다"라고. 행복은 어디에 가거나 어떻게 해서 얻을 수 있는 것이 아니다. 피곤과 고통의 순간에도 자기의 길을 묵묵히 가는 순간에 행복은 동반한다. "난 이제 막 나 자신의 친구가 되기 시작했어"라고 2000년 전의 노철학자 세네카는 지금 사용해도 잘 통할 것 같은 멋진 말을 던졌다. 방금 친구가 된 내가 허리가 아파서 우울하다면 친구인 내가 옆에서 위로하고 즐겁게 해줄 것이다.

그렇다면 그동안 내가 생각했던 행복이란 도대체 무엇이었는지 모르겠다. 행복의 적은 더 나은 행복이라고 어떤 프랑스 철학자가 얘기했다는데 이 말이 내 맘에 가까이 와닿는다.

불편한 감정

원치 않는 나의 불편한 감정은 어디에서 올까?

자신이 옳다고 생각하는 것에 대한 믿음을 포기하지 않으면 편치 않은 감정이 시작된다고 한다. 이것의 근원을 알 수 있다면, 내가 옳다고 믿는 것이 사실은 그렇지 않을 수 있다는 것을 알 수 있다면, 나의 삶은 훨씬 편안할 것이다. 이를 실천하기는 결코 쉬운 일이 아니다. 오랫동안 내가 옳다고 생각하는 것을 포기하지 말고 끝까지 밀고 나가야 한다는 교육을 받아왔고, 이것이 바로 나의 주체성과 정체성을 이루는 것이라고 믿어 왔다. 내가 불완전하다고 느끼는 순간 마음의 평정은 무너지기 시작한다. 실제로 대부분 사람은 나처럼 불완전하다. 극히 제한된 사람만 완전한 것같이 보이는 것이다. 그러나 이렇다는 사실이 나를 위로할 수 있을까? 그보다는 나만의 고유한 생각

이 있고 남들이 보기에 보잘것없게 보이더라도 남과 다른 무언
가를 성취하려는 마음이 있다면 바로 이것이 나만의 고유한 정
체성을 이룰 수 있는 것은 아닐까?

타인이 말하는 사랑과 행복이란 것이 나에게 어떤 의미인지
곰곰이 생각해 본다. 나는 이러한 단어들을 사용하기 전에 내가
처한 상황에서 우선 그 의미에 대한 정의를 분명히 내리고 사용
하려고 한다. 때로 모호하지만 내가 현재 느끼고 있는 어떤 감정
같은 것일 수 있어서 이 단어의 의미가 변하지 않는 영속성을 가
지는 것 같지는 않다. 신체의 고통은 이러한 민감한 감정을 너무
나도 쉽게 밀어내 버린다. 이른 새벽의 노곤함과 전신의 통증이
시작되면 불쾌한 감정도 동시에 발생하지만, 다행히도 밝은 빛
은 이러한 것을 이슬 날려 버리듯 없애 준다. 나는 어쩌면 망각
할 수 있다는 능력으로 하루하루를 살아가고 있는지도 모른다.
빠르게 진행되는 주위의 일들은 다양한 좋은 감정을 느낄 틈을
빼앗아버린다. 2년 전 직장을 바꾼 다음 매일 새벽의 고속도로
운전과 이어진 한 시간의 산책이 나를 얼마나 여유롭게 만들었
는지 고마울 따름이다. 나에게 중요한 것은 생각하고 느끼는 지
금 이 순간이다.

680 x 350, pine, walnut, purpleheart

반복된 패턴 안에서 느낄 수 있는 새로움과 사소한
변화에 관심을 가지고 여러 작품을 시도해 보았다.
울타리 옆을 빠르게 지나가면 울타리 사이로 무언가
보이는데, 한참 지나고 나서 그것이 무엇이었는지 깨
닫게 되는 순간같이.

나이 들면 상처가 잘 낫지 않는다

TV 프로그램 중에 '동물의 왕국'은 더 이상 보지 않는다. 어느 순간부터 잡아먹거나 먹히는 모습을 보기가 싫었다. 언젠가 '동물의 왕국'에서 보았던 장면이 떠오른다. 극한의 추위에 펭귄들은 온기를 보존하기 위하여 서로 몸을 접촉하며 원 모양을 이루고 천천히 이동하고 있었다. 군집의 안쪽에 있던 펭귄은 천천히 앞으로 나오게 되고, 앞에 있던 펭귄은 옆으로 밀리며 뒤로 이동했다. 그동안 새끼는 엄마의 발등에 올라가 촘촘한 배의 털 속에서 보호받았다. 어느 날 눈사태가 발생하면서 이동하던 군집이 무너졌고 일부 펭귄들이 고립되었다. 대부분 탈출하여 무리에 합류했으나, 눈 속에 갇힌 어미 펭귄 한 마리가 발등에 올려놓은 새끼를 데리고 어떻게 해서든지 눈 언덕을 올라가려고 애를 쓰고 있었다. 하지만 끝내 언덕을 넘을 수 없던 어미는 결국 새끼를 차가운 눈 바닥에 놓고 떠났다. 혼자 남은 새끼는 눈구덩이를 몇 차례 넘어가 보려고 했으나 굴러서 떨어졌고 금방 하얗게 얼어 버렸다. 카메라의 시선은 얼어가는 새끼에서 무리에 합류하려는 어미의 뒷모습으로 천천히 향했다. 다큐멘터리 촬영의 원칙을 모르는 바는 아니지만 누군가가 새끼를 들어서 조금이라도 높은 곳에 옮겨 주거나, 아니면 눈구덩이를 일부라도 치워 주었으면 어땠을까 하는 마음에 안타까웠다. 새끼 펭귄이 느꼈을 어미에 대한 원망과 추위의 고통은 비록 짧았겠지만, 가슴이 쓰리고 아파서 잠을 들 수가 없었고 자꾸만 그 장면이 떠올랐다.

또 하나 잊을 수 없었던 방송은 히말라야를 넘는 기러기 무리에 관한 것이었다. 기러기 떼가 히말라야산맥을 어떻게 넘어가는지 밝혀준 대단한 다큐멘터리였다. 영상 속의 기러기들은 히말라야산맥 아래에서 일 년 중 몇 차례 되지 않는 상승기류가 최대로 만들어지는 맑은 날을 본능적으로 알고 기다렸다. 이날이 되자 기러기 떼는 상승기류를 타고 큰 원을 그리면서 최대한 높이 올라갔다. 기러기 떼가 정상에 이르면서 상승기류는 흩어지고 난기류가 발생했는데, 이때 기러기들은 힘차게 날

개를 움직이면서 산을 넘어야 했다. 예측할 수 없는 바람의 방향과 강한 돌풍은 기러기들이 힘들게 만들어 놓은 대형을 흩뜨리고 이 와중에 날개가 부러져 추락하기도 했다. 그러나 그들은 끊임없이 대형을 다시 유지하면서 마침내 산을 넘어 건너편으로 내려갔다. 눈물겨운 시간이었다. 마음속으로 기러기들을 응원했다. 그런데 산을 넘느라 기력을 모두 소진한 기러기들이 계곡에 서 있는데 마을 주민들이 뛰어가 기러기들의 목을 잡고 끌고 가는 것이다. 기러기들은 도망갈 수 없었고 아무런 소리도 내지 못했다. 마치 내 목이 조여지며 숨이 막히는 느낌이었다. 한번 상처가 난 마음은 쉽사리 회복되지 않았고 더 이상 다치고 싶지 않았다. 나이가 들면 모두 나같이 이렇게 변하는가? 시간이 많이 지났지만, 아직도 가끔 영상 속 장면들이 생각난다. 자연의 이치와 흐름에 우리는 어떠한 선과 악의 잣대도 댈 수 없다. 단지 이들 모두, 인간도 예외 없이, 자연의 일부일 따름이다. 거대한 자연의 흐름을 담담하게 받아들이기가 힘들었다. 빈약한 내 마음의 한편에서 자꾸 홀로 남은 새끼 펭귄과 목을 잡혀 끌려가는 기러기 모습이 떠오르는 것은 나이 탓이라 이제 어쩔 도리가 없다.

500 x 280, soft maple, fire stamps

동료의 꼬리를 따라가는 작은 물고기 무리는
펭귄과 기러기처럼 도전과 적응을 상징한다.
우연히 구매한 물고기 모양의 불도장을 유용
하게 사용했다.

몸에 지니고 있던 것을 잃어버렸을 때

선글라스도 아니고 항상 쓰고 다니던 안경을 잃어버렸다는 것을 이해할 수 없었다. 여행 중에는 때로 지나칠 정도로 확인을 반복하는 강박적인 내 성격을 고려하면 불가능한 일이었다. 원인은 무더운 날씨와 짜증 때문이었다. 후덥지근한 날씨 때문에 잠을 제대로 잘 수 없었다. 선글라스를 쓰고 운전하던 중 갑자기 불쾌한 기분이 들면서 안경을 넣은 상의가 거추장스러워 견딜 수 없었다. 잠깐 차를 세우고 상의를 벗어 뒷자리에 던진 후 주차할 장소를 찾아다녔다. 옷을 던질 때 무슨 소리가 났던 것 같았는데 돌아보기조차 싫었다.

아내와 함께 해변을 걸었고 점심을 마치자, 이내 기분이 나아져서 숙소로 돌아왔다. 옷걸이에 상의를 걸면서 그제서야 주머니에 넣었던 안경이 없어진 것을 알게 되었다. 돌아가기에는 너무 멀리 와버렸고, 돌아가봤자 차에 깔려 박살 난 안경을 보게 될 터였다. 머리가 아프고 속이 쓰렸다. 안경이 아니고 오래 같이 지내던 강아지가 집을 나가 돌아오지 않은 것 같은 느낌이었다. 집에 가면 대체할 안경이 있지만 그렇다고 아픈 마음은 가라앉지 않았다. 누군가의 발에, 혹은 내 차의 타이어에 으깨어져 버렸을 순간이 자꾸 떠오르며 나의 부주의와 순간적으로 조절하지 못했던 분노에 또다시 화가 났고 부끄러웠다. 그 안경은 가볍고 편했으며 아무런 불평 없이 오랫동안 나와 같이 있었다. 나이 들면서 쌓여 간다는 삶의 경험은 나에게는 작동이 되지 않았다. 나의 미래에 발생할 많은 실수와 후회가 줄을 서서 내 앞에서 차례를 기다리고 있는 것 같았다. 하지만 시간이 지나면 잊게 될 것이다. 잊히지 않더라도 지금과 같은 감정은 조금 무뎌질 것이다. 나는 망각의 도움을 많이 받는 편이다.

잡지에서 우연한 발견한 탁상시계에서 착상하여 나름대로 변형해서 만들었다. 앞뒤로 시계와 시진을 넣을 수 있고 윗부분을 들어 올리면 명함도 넣을 수 있어 유용하였다. 같은 사진이라도 정성이 많이 들어간 틀에 들어있을 때는 좀 더 괜찮게 보인다.

150 x 120 x 150, maple, cherry

후회를 극복하지 못하면

골프장에서 쓰러진 환자가 응급실로 내원했다. 고혈압과 관련된 뇌출혈이었다. 출혈량은 많지 않았고, 출혈이 뇌의 깊고 중요한 부위에 있어 수술은 하지 않았다. 다행히 환자의 의식은 바로 회복되었으나 장기간의 입원이 필요했고 마침내 지팡이를 이용하여 평지를 걸을 수 있을 정도로 호전되었다. 회진 때마다 환자는 발병 직전 자신의 부주의했던 행동을 자책했다. 나는 몇 번이나 "그때 일은 이미 지나가 버렸고 되돌릴 수 없으니 가능하면 잊고 극복하며 살아야 한다"고 조언했다. 퇴원 후에는 항상 부인이 남편과 함께 내원했고 극진하게 남편을 보살펴 주었다. 오랜만에 외래에서 만났을 때 그는 다시 "선생님, 그때 남았던 빙수를 한 번에 마시지 말아야 했어요"라고 말했다. 그때 일을 그는 도저히 잊을 수 없었고 매일 후회하며 자책하고 있었다. 얼마 지나지

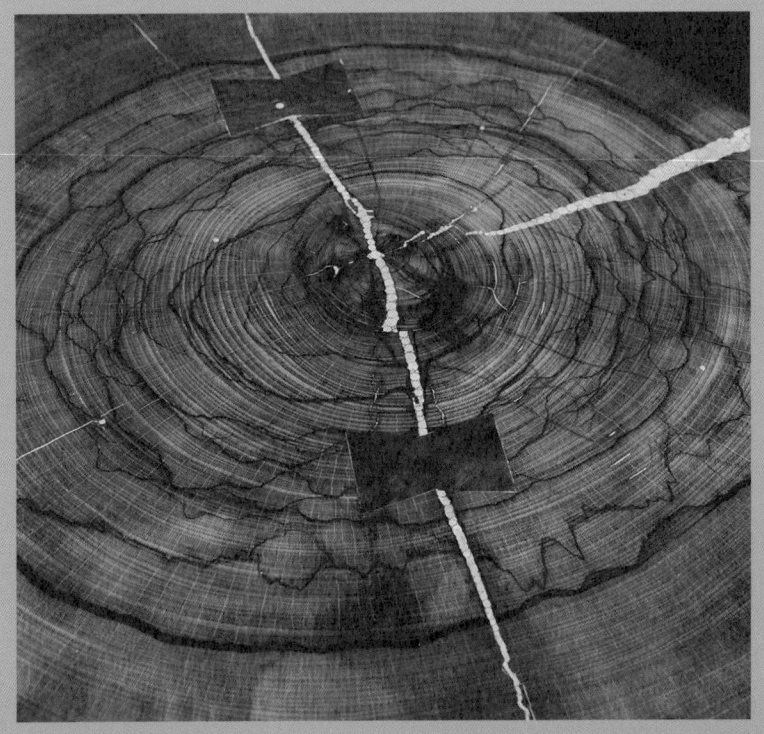

900 x 750, unknown wood

테이블의 상판으로 사용하려고 큰 나무를 단면으로 잘랐다. 오일을 바르자 나이테 아래의 연한 부분으로 흡수되면서 겹친 꽃잎 모양이 나타났다. 갈라진 부분은 작은 가지들을 잘라서 끼웠다. 벌어진 상처를 그냥 두면 치유되지 않는다. 무언가로 채워야 한다.

않아 항상 손을 잡고 다니던 부인은 더 이상 외래에 같이 오지 않았다. 좀 더 시간이 지난 후 환자는 내원하지 않았고 대신 부인이 약을 타러 왔다. 부인 말로는 남편이 항상 방에서만 지낸다고 했다. 이후 다른 사람이 와서 약을 받아 갔다. 그리고 얼마 지나지 않아 그의 부고를 알리는 문자가 도착했다. 장례식장에서 만난 그의 부인은 "남편이 불행을 초래했던 그 순간을 한시도 잊지 못하고 지냈다"고 담담한 표정으로 내게 말했다.

그는 후회에 사로잡혀 아픈 마음으로 남은 삶을 살았다. 그의 마지막은 불행한 삶이었고 그의 가족도 마찬가지였다. 나의 마음도 아팠다.

후회는 나를
좀 더 나은 인간으로 만든다

1200 x 400 x 400, zelkova wood

이동이 쉬운 가벼운 벤치를 계획한 것이었지만 완성하고 나니까 좁고 빈약하게 보여 커피 테이블로 사용했다. 힘들게 옮겨놓은 오래된 느티나무는 다양한 모양을 여기저기 남겼고 잘린 조각들은 매번 나에게 영감을 불러일으켰다. 나이 든 사람의 바람직한 역할도 이래야 하는 게 아닐까?

"불완전하고 지혜로움을 갖추지 못한 상태에서 매번 하게 되는
선택이 어찌 후회를 동반하지 않을 수 있을까? 더구나 선택이라는
것 자체가 다른 것을 포기한다는 의미를 이미 포함하고 있는데."

<후회의 재발견>, 다니엘 핑크 저

우리는 살아가면서 항상 크고 작은 선택을 하게 된다. 살면서 실수를 피할 수 없듯이 후회는 반드시 다가온다.

미국의 시인 휘티어(John Greenleaf Whitter)는 세상에서 가장 슬픈 말은 "그렇게 돼야 했었는데"라고 했다. 후회에 따른 고통은 시간이 지나면서 더 커질 수 있다. 부처님도 우리가 살아가면서 첫 번째 화살은 피할 수 없다 하더라도 두 번째 화살은 피해야 한다고 말했다. 즉 후회에 이어 발생하는 감정적 고통의 지속 유무는 나의 선택에 따라 결정할 수 있다는 것이다.

후회는 사랑 다음으로 흔하게 나타나는 감정이며 한 일에 대한 것보다 하지 못했던 것에 대해 더 많이, 그리고 깊게 나타난다고 한다. 그러나 지나버린 일을 어떻게 하겠는가?

에디트 피아프(Edith Piaf)의 노래로 알려진 '이제 아무것도 후회하지 않아요(Non, Je Ne Regrette Rien)'는 내용으로만 보면 근본적으로 허구다. 오히려 그렇게 하고 싶다는 의미로 받아들이는 것이 옳다. 그녀가 죽기 전 마지막으로 했던 말은 "빌어먹을 모든 일은 대가를 치른다니까"였다. 죽기 전 마지막으로 한 말은 진심이 아닌 경우가 많다고 한다. 오히려 묘비명이, 자신이 결정했든 아니면 남이 써 주었든, 좀 더 고인의 평소 의지를 잘

반영한 것이라 한다.

여행 중에는 수시로 결정해야 할 순간이 다가온다. 그때마다 최고의 선택만을 할 수는 없을 것이다. 후회는 남지만 바로 잊거나 극복하고 또 다른 선택을 해야 하는 것이다.

<이상한 나라의 앨리스>에서 붉은 여왕은 앨리스에게 "열심히 노력하면 과거로 돌아갈 수도 있다"라고 말하지만, "과거로 돌아가면 현재의 내가 아니잖아요?"라고 대답하면서 앨리스는 거절한다. 나는 지금, 이 순간에 존재하며 살아가고 있고, 후회는 언제든지 예상될 수 있지만 끝없이 이어지는 선택을 거절할 수 없다는 점에서 많은 교훈을 준다.

후회는 과거에 지나가 버린 일에 대한 것이고, 내가 하려고 하는 일은 미래에 대한 것이다. 현재에 충실할 수 있다면 어떻게 선택해야 할지도 알 수 있을 것이다.

에이단 피니(Aidan Feeney, 심리학자)가 "후회는 피할 수 없는 결과이지만 대처만 잘하면 오히려 발전의 계기가 된다"라고 말한 부분을 읽고 얼마나 위로가 되었는지 모른다. 제프 베이조스(Jeff Bezos, 아마존 설립자)는 우리가 후회할지도 모르는 선택을 앞두었을 때 "앞으로 5년 뒤 나는 지금의 내가 어떤 결정을 하

기를 원할까?"라고 생각해 보라고 했다. "사랑하는 사람에게
실수했다면 너무 늦기 전에 꽃을 보내야 한다"라고 말한 멋진
사람도 있었다.

"후회는 나를 좀 더 나은 인간으로 만든다."
우유부단한 나를 위로하고 싶다.

늙어서 후회하는 일

'죽기 전에 후회되는 것이 무엇인가?'라는 질문에 많은 사람들은 인생을 제대로 즐기지 못하고 일만 너무 열심히 한 것이라고 답한다고 한다. 인생을 충분히 즐기지 못했다는 것은 이해가 되지만 일만 열심히 했다는 부분은 냉정하게 분석할 필요가 있다는 생각이 든다. 열심히 했다는 의미가 주어진 일을 전심전력으로 끈기 있게 해왔다는 것일 수 있지만, 하고 싶지 않은 일을 그만두지 못하고 그럭저럭했다는 의미가 될 수도 있기 때문이다. '열심히'라는 단어는 인생의 어느 순간만을 지칭했을 가능성이 있다. 게으르고 나태했던 시간은 기억에서 지워버렸을 수 있고, 열심히 노력했더라도 목표를 달성하기가 어려웠을 수도 있다.

나 역시 열심히 일했고, 때로는 게으름도 피웠다. 인생을 늘

400 x 750 x 250, maple, walnut, ebony

벤치를 만들었는데 너무 좁고 불안해서, 결국 두 개를 붙여 간이 커피 테이블로 사용했다. 남과 다르게, 개성 있게 만들려고 하다 보면 실제 제작이 되었을 때 균형이 맞지 않는 경우가 있다. 사진이 가끔 이런 오류를 범하고, 어떤 예술가는 이를 오히려 과도하게 이용하기도 한다.

즐기며 살지는 못했지만, 가능한 한 즐기려고 애썼고 많은 부분에서 바랐던 것들을 이루기도 했다. 다만 가장 아쉬운 것은, 나 자신에게 좀 더 충실하지 못했고 때로는 솔직하지 못했다는 점이다.

　세상과 이별하는 순간이 언제가 되든, 서운하지 않을 사람이 있을까? 내가 후회하는 다른 하나는 남는 시간을 제대로 이용하지 못했던 것이다.

하고 싶었던 일에 바로 뛰어들기를 주저했고, 마음을 정하지 못한 채 허둥거리며 시간을 허비하곤 했다.

그러한 삶을 살아온 것 치고는 나의 인생은 현재까지 순조롭고 운도 좋았다고 볼 수 있다. 그러나 가끔 나의 가장 끔찍했던 모습이, 제대로 처신하지 못하고 비겁하게 회피했던 태도들이, 떠오르면 다시 괴로워진다.

그런 모습과 행동은 과거의 나만이 아니라, 지금까지 이어져 온 지금의 내 모습이기도 한 것이다. 지나친 미화도 문제지만, 과도한 비하도 문제가 된다. 앞으로 다가올 일들을 당당하게 헤쳐 나갈 수 있다고 하더라도, 과거의 잘못으로 빠져나간 나의 마음속 '마이너스 통장'을 원상으로 복구하는 일은 불가능할 것이다. 모든 것을 리셋하는 기분으로 살면 어떨까?

지금의 내가 할 수 있는 중요한 일은, 여전히 나 자신을 믿고 충실하게, 그리고 자랑스러울 만큼 조금씩 나아지는 나를 만들어 가는 것일 것이다. 죽기 직전에는 과거의 일들을 대부분 잊게 될 것이다. 그러니 할 수 있는 만큼 미리 정리해 놓아야 훗날의 내 마음이 조금은 더 후련하게 되지 않을까?

여전히 상처를 두려워한다

　내가 사용하는 안락의자 옆에 항상 몇 권의 책들을 겹쳐 놓고 기분이 내키는 대로 집어서 읽는 것이 나의 독서법이다. 읽다가 지루해지면 다른 책으로 넘어간다. 어제 읽었던 부분이 잘 떠오르지 않으면 앞장의 밑줄을 친 부분을 찾아서 다시 읽어 보기도 한다. 잡지의 기사나 콘텐츠는 가끔 뒷부분의 결론부터 읽어 본다. 왜 그런지 모르겠는데 결론 부분에 좀 더 집중할 수 있고 내 나름대로 글의 제목을 유추하는 재미도 덤으로 가질 수 있기 때문일 것이다. 소설은 주로 단편만 읽는다. 이런 나의 습관이 언제부터 시작했는지는 잘 모른다. 장편소설을 읽으면 나도 모르게 그 상황에 지나치게 빠져들어 읽는 동안 쉽게 책장을 덮지 못하고, 결국 다 읽고 나면 기진맥진하고 만다. 아마도 다른 사람보다 '연민피로'(타인의 아픔에 공감하는 것을 넘어 자신도 그것에 압도되어 정서적으로 소진되는 것)에 약한 것이 아닌가 생각한다. 요즘은 한 가지 일에 오래 집중하기가 어렵다. 갑자기 몸이 가라앉을 것 같은 피곤이 밀려오면 꼼짝도 할 수 없게 되기 때문이다. 최근에 읽었던 장편소설은 '잃어버린 시간을 찾아서'가 유일하다. 김창석 번역본을 읽다가 중간에 어색한 부분이 자주 나타나 최근에 나온 김희영 번역본을 읽는데 읽기가 훨씬 자연스러웠다. 어릴 때부터 병치레를 많이 했던 탓인지, 아니면 나이가 들어서 그런지 모르겠지만 고통스러운 순간에 대한 구절이 나오면 나도 같이 아프고 힘이 든다. 고통을 경험하지 않고는 기쁨을 알지 못한다고 하였으나 이제는 단순하고 변화 없는 평탄한 삶도 나쁘지 않다고 생각한다. 에피쿠로스가 추구했다는 쾌락(pleasure)은 현대인들이 알고 있는 말초적인 쾌락이 아니었다. 그는 지나친 즐거움을 추구하면 이후의 고통이 다가올 수 있기 때문에 피해야 한다고 했다. 자신이 감당할 만큼의 즐거움을 추구하는 일이 쉬운 일은 아니겠지만 시도해볼 가치가 있는 것은 분명하다. 무슨 일을 저지를 때 이것의 여파가 어느 정도로 커질지, 언제 멈추어야 할지를 미리 안다는 것은 나에게 여전히 어려운 일이다.

4800 x 710 x 900, tempered glass, pine block, colored steel pipes

작업실 한쪽에 다목적으로 사용할 테이블을 만들기 위해 강화
유리를 주문해 두터운 소나무 육면체와 사각 파이프를 이용한
틀에 올려 보았다. 결과는 만족스러웠다. 문제는 이 테이블 덕분
에 자꾸 모임 건수를 늘려가게 된 것이었다. 5미터나 되는 테이
블은 길게 뻗은 느낌 자체가 주는 특별한 점 말고도 바로바로 치
우지 않고도 여러 가지 일을 동시에 할 수 있어 좋았다.

개인주의

소크라테스는 사실(truth), 선함(goodness), 그리고 유용함 (usefulness)이 대화를 시작하기 전 거쳐야 할 세 가지 원칙이라고 했다. 불교에도 비슷한 내용이 있다. 누군가에게 말하기 전에 그 내용이 사실인지, 말을 듣는 사람에게 유익한지, 그리고 말할 수 있는 적절한 시기인지를 확인하라고 했다. 나는 이 원칙이 대화뿐 아니라 행동에도 적용되어야 한다고 생각한다. 내가 하려는 말과 행동이 사실에 근거한 것인지, 나에게 유익한 것인지, 그리고 상대에게 친절한 것인지 확인하라는 것이다. 무엇이 우선되어야 할 것인지에 대해서는 여러 의견이 있을 수 있으나 '사실인가?'를 우선으로 고려한다면 떳떳하게 말하고 행동할 수 있을 것이다. 그러나 내가 하려는 말과 행동이 확실한 사실에 근거한 경우가 얼마나 될까? 대부분 자신의 믿음에 따라 행할 것이다. 믿음이란 그렇게 하기로 자신이 결정한 것일 뿐이다. 또 믿음은 내가 하려는 행위의 당위성을 좀 더 쉽게 설명하게 해준다. 이미 500년 전 세르반테스도 '진실의 가장 큰 적은 무익한 현실'이라고 하지 않았는가? 하지만 실제로 중요한 회의를 할 때나, 또는 지인들과 가벼운 대화를 하는 중에도 이 세 가지 원칙에 따라서 말한다는 것은 무척 어렵다. 우리는 재벌이나 멋진 몸매의 운동선수를 부러워하고 시샘을 느끼기도 하지만 영국 여왕이나 우디 앨런을 부러워하지 않는다. 부러워하기에는 그들은 너무 다른 삶을 살기 때문이다. 마찬가지로 성인들의 말과 행동이 우리에게도 지극히 당연한 규범이 되는 것 같아도 현실에서 그대로 따라 하기에는 거의 불가능하다는 사실을 깨닫는 것은 어렵지 않다.

나는 어떤 행동을 시작하기 전 '나에게 유익함'을 두 번째에 끼워 넣는 용기가 필요하다고 생각한다. 개인주의는 나만을 위하는 이기주의가 아니고 최소한의 필요조건인 타인에게 피해를 주지 않고, 물리적이든 정신적이든, 나를 위하고, 내가 발전하기 위한 것이다. 사실이라는 것을 전제하는 것은 매우 중요해서 자칫 이를 빠뜨리면 소위 '사기'가 돼버린다. 이 부분이 이기주의와는 뚜렷하게 구별되는 점이기도 하다. 많은 경우에 말하고자 하는 내용이 사실이 아닐 수 있다는 것을 마음에 두고 있어야 한다. 실제로 내가 믿고 있던 진실과 발생했던 사실이 일치하지 않은 경우도 많았다. 대답하기 어려웠던 질문(wild problem)들에 대한 나의 비겁했던 태도를 잊지 말고 고쳐나가야 할 것이다. 모호한 내용을 가지고 무언가를 결정하거나 선택해야 했던 경우는 또 얼마나 많았는가? 항상 바른 결정과 선택을 할 수는 없을 것이다.

이러한 경우에 필요한 것은 내가 책임을 지겠다는, 그리고 잘못된 것을 알게 되는 순간 바로 사과하고 바꿀 수 있는 용기와 마음가짐일 것이다.

600 x 100 x 100, maple, Ebony

대리석 테이블과 잘 어울려 부분만 촬영한 것이지만 실제로는 손가락으로 집어 먹을 수 있는 음식이나 초콜릿을 올려놓기 위해 만든 길고 가는 나무접시이다.

사람들은 선동과 감정에 끌리며,
자신을 비판하면 싫어한다

소크라테스와 대화를 하던 사람들은 결국 질려 버렸을 것이다. 말꼬리를 물고 집요하게 늘어지는 사람을 누가 좋아했겠는가? 결국 상대는 기분이 나빠져서 항복하고 만다. 마음이 넓은 사람이었다면 대화 중 깨닫게 된 진실을 부끄럽게 생각하고 받

아들였을 것이다. 소크라테스의 대단한 부분은 대화 중 화를 참지 못한 상대로부터 주먹으로 맞은 적도 있었는데 한 차례도 고발하지 않았다는 점이다.

현대 사회에서 이러한 대화법을 적용할 기회는 거의 없을 거라는 생각이 든다. 세상에서 가장 어려운 일이 두 가지 있다고 한다. 남의 주머니에 있는 돈을 나의 지갑에 넣는 일과, 내가 주장하는 말을 상대의 뇌에 집어넣는 것이다. 현대 사회에서 살아가고 성공하려면 이 두 가지는 필수적이지만 웬만한 노력으로는 달성하기 어렵다. 소크라테스를 지독하게 싫어했다던 니체도 다분히 상대를 감정적으로 대하고 선동하고 가끔은 대놓고 비난했다. 너는 모르니까 무조건 내 말을 따르라면서 결론을 내려 버렸다. 둘 다 너무 앞서 나가는 바람에 당대에는 인정을 받지 못했다.

사람들이 모여 살기 시작한 이래 누구나 설득당하기를 싫어하고 모른다는 사실을 밝히기 두려워한다. "이미 알고 있는 것은 배울 수 없다" "잘못 알고 있는 것도 마찬가지이지만, 모르고 있다는 것을 알고 있는 것으로 착각하는 한 고치기는 어렵다. 바람은 목적지가 없는 배를 밀어주지 않는다"라고 말한 철학자 칼린 지브란(Kahlil Gibran)과 몽테뉴(Michel de Montaigne)는 '배우기 전에 자신을 먼저 비워야 한다는 것'과 '자신에게 솔직해져야 한다는 것'이 선행되어야 할 자세라는 것을 말해준다. 현대인은 많은 것을 알고 있다고 생각하고 실제로 그런 면도 있다. 그러나 감정적인 선동에 여전히 취약하고, 알고 있는 지식을 정리하지 못하고 왜곡하여 해석한다. 그리고 잘못된 지식을 버리고 그 자리를 비워놓으려고 하지도 않는다. 감정의 역할을 점점 더 중시하는 경향도 사람 사이를 더 멀게 만들고 있다. 감정은 분명한 역할을 지니며 한 사람을 그 사람답게 만들어 주는 부분인 점은 확실하다.

어려운 점은 언제 자신의 감정을 밀고 나갈지, 언제 감정을 누르고 객관적이고 이성적인 눈으로 현상을 바라봐야 할지 결정하기가 무척 어렵다는 것이다.

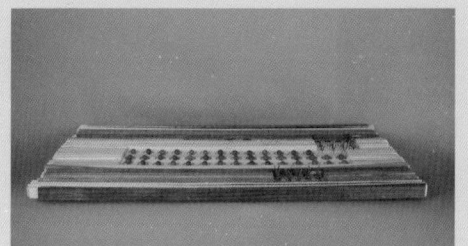

760 x 370, various wooden strips, nuts

이른 봄날 낮은 언덕에 올라가면 보이는 연한 녹색
의 보리밭은 봄의 전령이다. 그동안 눈에 띄지 않던
과일나무에 분홍색 꽃이 피면 완연한 봄이 온 것이
다. 부지런한 농부는 밭을 일구고 겨울이 남겨놓은
잔재를 정리한다.

지식은 지혜에 선행한다

지식과 지혜는 둘 다 '아는 것'이라는 한 울타리에 포함할 수 있다. 지식은 무언가 하는 방법을 아는 것이지만 지혜는 그다음에 무엇을 해야 할지 아는 것이라고 할 수 있다. 다른 말로 "지식은 생계를 유지하고, 지혜는 삶을 유지한다"라고 표현할 수 있겠다. 그렇다면 직업과 취미는 지혜가 될 수 있을까?

아닐 것이다. 결국 우리가 원하는 바람직한 행동은 지혜로워야 가능해진다. 우리는 지혜롭길 원하나 그 의미와 방법을 잘 모른다. 어떤 상황에서 행한 특정한 행동이 지혜로운 것으로 느껴졌더라도 이는 지식의 범주에 넣어야 하지 않을까 생각한다. 그당시에 지혜롭다고 생각되던 행동이나 태도는 나중에 전혀 다르게 해석될 수 있기 때문이다. 우리는 누군가를 지혜롭다고 말하면서 이미 그렇게 되어버린 사람으로, 마치 부자를 대하듯이,

390 x 240 x 170, maple burl, ebony and walnu

책꽂이는 개성을 살려 짧은 시간에 완성할 수 있는 흥미로운 주제이긴 하지만 크기와 용도, 선호하는 각도 등 다양한 요소를 고려하면 작업이 그리 간단하지 않다. 이 작품은 책을 올려놓기보다는 그냥 비운 채로 보기가 좋았다. 작은 사각형 거울을 올려놓아도 잘 어울렸다.

지금도 그렇고 앞으로도 계속 지혜로울 것으로 간주한다. 마치 그 과정은 어디로 가버린 것처럼 말이다.

"혼자 있을 수 있는 사람이 타인과도 잘 지낼 수 있듯이, 자신을 사랑하는 사람은 타인도 사랑할 수 있다"라는 말은 사랑하는 방법을 배워간다는 의미일 수도 있다. 우리는 흔히 지혜로운 사람을 나와 다른 이로 여기고 자신의 주변에서는 찾을 수 없다고 생각한다. 또 지혜롭지 않으면 불안할 것이라 여긴다.

불안을 없애려면 실천해야 하는 것처럼 지혜로워지려면 지식을 쌓아야 한다. 지혜는 경험과 반성 그리고 후회를 겪은 다음에 얻어지는, 그것도 제한된 시간과 상황에서만 가능한 무엇인 것이다. 이후에 비슷한 상황이 발생할 때 모두 같은 행동이 필요한 것은 아니다. 지혜는 끊임없는 계발이 필요하고 그 내용도 바뀌어 간다. 즉 시대를 초월한 고정된 지혜는 없다는 말이 된다. 지혜로움과 즐거움은 서로 거리를 둔 것같이 여겨지지만, 지혜로운 자는 조용한 가운데 즐거움을 느끼면서 그 의미를 알고 지낸다. 하지만 우리가 원하는 즐거움은 대부분 안전지대 밖에 있다. 그래서 세속적으로 즐거워지려면 안전지대 밖에서 행동해야 한다고 생각하고, 행동 이후에 후회하고 반성하며 이를 바탕으로 미래에 필요한 지혜를 얻을 수 있을 것으로 생각한다.

지혜는 단지 끊임없는 노력과 반성, 그리고 후회를 요구하며 개인의 발전과 성장을 촉진한다고 하나, 글쎄 도대체 어디까지 가야 그 지혜를 얻을 수 있을까?

지금과 같이 빠르게 진화하는 인공지능(Artificial Intelligence) 시대의 머지않은 미래에는 지혜의 상당 부분을 지식과 같은 방법으로 얻게 될지도 모르겠다는 엉뚱한 생각이 들기도 한다.

행복의 역사

400 x 240 x 180, soft maple burl and walnut

소크라테스의 어록 중 당시 철학자들에게 영향을 끼친 말은 "네 영혼을 돌보라"라는 것이었다. 그 당시 '영혼'이라는 단어는 현재 우리가 사용하는 '의

여러 형태의 책꽂이를 만들어 보니 책꽂이라는 게 어떤 특정한 규격이 있는 것은 아니라는 것을 알 수 있었다. 책, 장식물, 사진이나 거울 등을 세우는 목적에 따라 책꽂이는 다양하게 변형된다. 각자 선호하는 각도와 크기도 다양하다. 피아노 위에 가족사진을 놓으니까 잘 어울렸다.

식'에 '생각'까지 더한 확장된 개념이어서 그가 한 말은 '각자가 주체로서 자신의 안녕을 책임지라'는 뜻으로 이해된다. '행복'이란 단어는 편안하고 특별히 원하는 것이 없을 때는 잘 생각나지 않는다. 아테네 시민의 권리가 더 이상 알렉산더에게 의미가 없어진 순간, 바로 도시국가에서 제국으로 확장되던 시기부터 시민들은 자신들이 마땅히 누려야 할 권리보다 훨씬 커다란 의무가 있다는 것을 깨닫기 시작했다. 이러한 의무를 감당하는 과정에서 '행복'이라는 단어는 절실한 의미로 다가왔을 것이다.

당시 아테네인들은 내가 조절할 수 없는 일을 겸허히 받아들일 것인가(아파테이아 apatheia, 현대인에게는 '체념'에 가까운 의미), 아니면 나에게 닥쳐오는 고통을 어떻게 피할 것인가(아타락시아 ataraxia, 마음의 평정)에 집중했다. 따라서 이 시기 '행복' 개념에는 평정심과 도피 같은 의미가 더해졌을 것이다. 예측할 수 없는 불안한 사회가 이어지면서 소외된 사람들은 점점 늘어났고, 이들을 위로하고자 '예언자'들이 나타났다. 이들은 시민들에게 자기의 말을 잘 따르기만 하면, 많든 적든 관계없이 수입의 일부만 정성스럽게 내기만 하면, 잘 돌봐주겠다고 약속했다. 오늘날 '보험'의 개념이 여기서 생겨난 것이라고 추정되지만, 당시의 이런 주술적 예언은 심지어 죽은 뒤의 세계까지도 보장할 만큼 강력한 설득력을 지니고 있었다. 현재의 삶이 힘들고 고될수록 지금이 아닌 미래에 받게 될 행복이 상대적으로 더 클 거라는 희망으로 바뀌었고, 나아가 어떤 사람들은 지금 겪는 고통이 어쩌면 예언자가 말하는 행복의 진정한 의미일지도 모른다는 생각으로 확장하게 되었으며, 실제로 많은 이들이 그렇게 받아들이기도 했다.

요즘 우리 주변에 '행복'이란 단어가 넘쳐나다 보니, 이제는 경제학자들까지 행복을 연구하는 시대가 되었다. 경제학자들에 따르면 돈을 더 많이 벌면 행복감이 높아지는 것은 사실이라고 한다. 그러나 그러한 행복이 유지되려면 사촌이 땅을 사도 내 배가 아프지 않아야 하고, 내 삶의 윤택함에 대해 다른 사람들도 질투가 나지 않아야 한다고 한다. 이러한 것이 실제 가능하기나 할까?

다양한 행복의 정의와 기준이 있지만 내가 가장 좋아하고 이해가 쉬운 행복의 정의는 시카고대학의 교수인 마사 누스바움(Martha Nussbaum)이 말한 '개인의 능력을 최대한 발휘할 수 있는 상태'이다. 이 역시 꿈같은 얘기일지 모르지만 남에 대해 신경 쓰지 않고 자신의 정진을 목표로 삼는다는 점에서 충분히 시도할 만하다.

친근함의 두 얼굴

새로운 전자기기를 사면 가끔 전에 사용하던 몇 가지 기능들이 생략되고 단순화 되어있다. 처음에는 불편하고 때로 과거에 익숙했던 복잡한 단계가 오히려 편했다고 생각할 수도 있다. 사람 사이에서도 같은 느낌일까?

"친근함은 경멸의 원인이 될 수도 있지만, 안도감도 준다"라는 알베르토 망구엘(Alberto Manguel, 작가)의 표현이 떠오른다. 이러한 감정은 모두 시간을 매개로 이루어진다. 친근함은 익숙한 것이고 과거에 한 차례 이상 경험한 것이다. 익숙한 모든 것들은 모두 첫 경험을 거친다. "이야기가 찾아내기로 시작되면 추적하기로 끝나기 마련이다"라는 퍼넬러피 피츠제럴드(Penelope Fitzgerald, 작가)의 표현도 있다. 추적은 관련되었을 것으로 추정되는 것들을 시간에 거슬러 올라가고 미래의 결과를 찾게 된다.

마치 영화의 첫 장면에서 총이 잠깐 보이면 결국 언젠가 총알이 발사될 거라고 했던 어떤 추리작가의 말처럼. 우리의 삶은 안도감을 찾아서 헤매고 있다고 볼 수 있다. 안도감(安堵感)의 어원이 담 안쪽에서 경험하는 안전한 느낌이고, 천국으로 번역되는 'paradise'는 고대 페르시아에서 담으로 둘러싸인 정원이라는 의미가 있다고 한다. 고대에는 담으로 둘러싸인 곳에서 살아있는 동안은 물론 사후에도 안전을 보장하는 일이 무엇보다도 중요했다는 것을 알 수 있다. 하지만 담 안쪽에만 있으면 새로운 경험은 할 수 없다. 안도감은 결국 새로운 것을 경험하지 않고는 결코 확장될 수 없다는 것을 알려준다.

음악은 현재 듣는 순간의 중요성을 일깨워 준다. 모든 일들이 목적의 성취만을 위한 것이라면 음악연주도 피날레만 들려주면 될 것이다. "인생에서 중요한 것은 사랑하는 대상이 아니라 사랑하는 행위이다"라는 마르셀 프루스트(Marcel Proust)의 말처럼 나의 지금 이 순간이 중요하다. 콘서트홀에서 음악을 감상할 때 연주의 순간을 즐기기도 하지만 동시에 마지막 끝나는 부분에 대한 기대도 한다. 지나간 일의 경험은 미래를 좀 더 익숙하게, 그리고 편안하게 맞을 수 있도록 도와주기도 한다.

하지만 마르셀 프루스트는 "익숙함과 연결되는 '습관'과 '논리'는 경계해야 할 대상이기도 하다. 익숙함은 우리에게 항상 하나의 일정한 세상만을 보여 준다"라고 말한다.

인상주의적 시선은 지각에 의존하고 감각을 신뢰하는 방식이며, 이를 통해 세상을 색채감이 풍부한 대상으로 보도록 해 준다. 이러한 세상은 어색하지만 새롭고 지루할 틈이 없다. 친근함은 생소하고 어색한 것으로부터 시작한다.

단풍나무의 옹이(burl)를 자르면 항상 다른 무늬가 나온다. 불규칙함을 특징으로 하는 부분이지만 이것으로 어떤 물건을 만들어도 옹이가 주는 특이한 소중한 느낌은 모두 동일하게 다가온다.

6부 나답게 사는 인생의 오후

노인도 관심받을 수 있을까?

어린아이는 정신없이 울다가도 젖을 물리면 이내 조용해지고 졸린 눈으로 엄마를 쳐다본다. 둥글고 커다란 머리, 통통하고 푹신한 팔과 다리, 달콤한 젖 냄새를 풍기며 쳐다보는 투명하고 깊은 눈 속에는 거부할 수 없는 강력한 힘이 있다. 새끼 동물의 귀여운 모습은 위험으로부터 보호받고 살아남기 위하여 진화된 모습이라고 하지만 그것만 가지고 도저히 설명이 어려운 무언가 더 있을 것 같다. 초원에 무리를 지어 지내던 영양은 출산이 가까워지면 관목이 우거진 곳으로 이동하여 혼자서 새끼를 낳는다. 어미는 갓 태어난 새끼를 정성스럽게 핥아 주어 더 이상 아무런 냄새가 남아있지 않게 한 다음 그 자리에 놔두고 자신은 가까운 덤불 속으로 숨는다. 새끼는 아직 냄새를 풍기지 않기 때문에 포식자의 시선을 끌지 않는다는 것을 어미는 알고 있다. 밤새 혼자 추위와 무서움을 견뎌낸 새끼는 드디어 강하게 혼자 설 수 있게 되고 아침이 되면 어미를 따라 무리에 합류한다. 대부분의 동물은 생식능력이 소실되면 더 이상 살아가지 못한다. 하지만 인간은 좀 다르다. 스핑크스가 질문했던 것은 동물이 아닌 인간에 대한 것이었다. 인간은 자력으로 움직일 수 있는 동안에 무리를 짓고 살았다. 아이는 보호받았고 청년은 자신과 가족을 보호하기 위하여 무리를 만들고 유지하였다.

　나이가 들어가면 여러 면에서 아이와 같이 변하게 되는 것을 알 수 있다. 단지 아이와 다른 점은 귀여운 구석이 없다는 것이다. 호감을 주는 귀여운 할머니와 할아버지도 가끔 볼 수 있기는 하다. 이들은 대부분 아담한 체격에 작고 둥근 얼굴을 보여주며 잘 웃고 혼자서 자기 일도 잘 해낸다. 결국 손이 덜 가게 되는 귀여운 아이와 비슷하게 되는 것이다. 하지만 대부분 노인들은 자주 얼굴을 찡그리고 불평하며 자신이 힘들다는 사실을 주위 사람이 알아주었으면 한다. 노년이 되면 젊을 때보다 신체적으로 더 불편해지는 것은 사실이다. 하지만 사람들은 자신이 고통을 피하고 싶어 하듯, 남이 아프다는 이야기조차 들기 싫어하고 그런 자리를 슬며시 피하려고 한다. 불가리아의 어떤 수도원 기도실 벽에는 '차라리 내 입을 꿰매 주소서'라는 글귀가 새겨져 있다고 한다. 하나님도 듣기 싫어하는 불평을 왜 우리는 끊임없이 남에게 늘어놓는 것일까? "결국 사람이란 자기를 알아 달라는 것"이라는 황지우 시인의 말에 공감한다. 애당초 타인에게 관심받는다는 일이 좋은 것만은 아니다. 실제로 즐겁지 않은 일들로 관심을 받는다는 경우가 더 많다는 것을 알아야 한다. 노인은 자신이 집중받을 존재가 아니고 오히려 주위에 더욱 관심을 가져야 할 때라는 생각의 전환을 해야할 시기이다. 자신이 힘든 것은 어쩔 수 없다 하더라도, 기대하던 관심까지 받지 못해서 발생하는 소외감을 예측하고 대처하는 것이 현명한 태도이다. 타인에게 관심을 가지게 되면 분명 그들에게 도움이 될 수 있는 나의 역할도 있다는 것을 알 수 있다.

"나이가 들지 않는 책이란 독자에게 항상 새로운 무언가를 발견할 수 있다는 기대를 품게 만드는 책이다"라는 알베르토 망구엘(Alberto Manguel)의 말을 조금만 변형해서 '책' 대신에 '노인'을 그 자리에 넣어보면 어떨까?

900 x 470 x 1000, cedar

뉴욕주의 북부에 있는 산맥의 이름에서 유래했다는 애디론댁 의자(Adirondack chair)
는 우아하고 편안하고 만들기도 쉽다. 삼나무로 만들면 가벼워서 이동하기도 좋아서
다양한 모양으로 만들어 사용하였다. 따뜻한 봄날 나란히 어깨를 맞대고 의자에 앉아
있는 노부부를 떠올려 본다.

변해가는 모습

눈을 떠보니 기내는 어둡고 조용했다. 이륙한 후 얼마나 지났는지 모르겠다. 주위 사람들이 모두 잠들어 있는 가운데 혼자 깨어있는 순간은 어색하지만 동시에 혼자서 무언가 할 수 있다는 좋은 느낌도 든다. 여행을 시작하면 반복되던 일상에서 잠시 벗어날 수 있고, 당분간 규칙적이지 않은 가운데 흥미로운 일이 일어날 것이다. 진한 커피 한잔을 부탁했다. 통로 건너편 앞좌석에서 파란 불빛이 어둠 속에서 빛나고 있었다. 남자는 미동도 하지 않고 스마트 폰을 바라보고 있었다. 50대 전후의 약간 벗겨진 이마와 잘 정돈된 구레나룻, 뚜렷한 턱의 윤곽이 잘 보였다. 순간 저런 자세로 프로필사진을 만들어도 좋겠다고 생각했다. 정면을 바라보는 명함 사진은 조금 식상하다. 중요한 것은 상대가 나를 기억하게 만드는 첫인상일 테니까. 그는 정지한 스마트 폰 영상을 계속 보고 있었다. 그 속에는 숱이 많은 검은 머리의 젊은이가 정면을 응시하면서 미소 짓고 있었다.

지나간 세월을 이보다 더 정확하게 느끼는 순간이 있을까? 본래 인간은 자기 얼굴을 볼 수 없었다고 한다. 어쩌다가 샘물이나 호수에 비친 자기 얼굴을 보려면 겸손한 자세로 고개를 숙이고 수면이 잔잔해질 때까지 참을성 있게 기다려야 했다. 그러나 인간은 악마의 도움을 받아 거울을 발명했고, 불경스럽게도, 언제나 얼굴을 볼 수 있게 되었다고 한다. 그때부터 인간은 자신을 꾸미게 되었고 하나가 아닌 여러 페르소나를 보여주게 되었다. 오늘날 자기 얼굴을 본다는 것을 더 이상 불경스러운 일이라고 생각하는 사람은 없다. 지금은 다양한 과거의 모습과 행동, 심지어 미래에 예상되는 모습까지도 불러올 수 있게 되었다. 과거의 나를 바라본다는 것은 그 당시로 돌아간다는 뜻이 아니라 오히려 미래를 생각한다는 의미일 수 있다. 젊었던 모습에서 자연스럽게 나이가 들어간다는 것을 받아들이면서 미래까지 계획할 수 있게 된다는 뜻이다.

고대 로마에서는 전쟁에서 승리하고 돌아오는 장군의 발치에서 노예가 왕관을 들고 "자신을 돌보세요. 당신이 남자라는 것을 기억하세요. 당신이 언젠가 죽을 것이라는 사실을 기억하세요"라고 반복해서 외치도록 했다고 한다. '언젠가'라는 단어를 자꾸 떠올리고, 사용하게 되는 것은 나이 듦의 또 하나의 증거다.

1300 x 2300, cross cut pine, maple twigs

어떤 책에서 발견한 자연 속 의자의 디자인을 차용해서 만들어 봤다. 날씨가 좋으면 언제나 마주 앉아 차를 마시며 얘기를 나누기 좋다. 가느다란 가지 몇 개가 추가 되었지만, 도시와 분리된 숲속의 느낌을 가질 수 있다. 분위기가 조금만 개선돼도 나누게 되는 대화는 훨씬 자연스러워진다.

시간과 나이

　손주를 품에 안으면 푹신하고 좋은 향기가 난다. 이 순간만큼은 나와 손주 사이에 시간의 차이는 존재하지 않는다. 이 모습이 보기 좋다며 아들이 찍어 준 사진 속의 나를 보다가, 갑자기 그리고 새삼스럽게 놀라고 말았다. 너무 늙어 버린, 말 그대로 진짜 할아버지 모습이었다. 아직도 타인의 눈에 비쳐질 나의 모습이 익숙하지 않다. 손주가 나를 부를 때를 제외하면, 나의 마음은 아직 수염이 하얀 할아버지가 아니다. 아들이 지금의 손주 나이였을 때, 내가 아들을 업고 모래밭을 걸어오는 모습을 아내가 비디오로 찍었던 장면이 생각났다. 그때 아들은 좋아하면서, 한편으로는 등에 업힌 것을 부끄러워했다. 그리고 그 비디오 속 내 모습은 지금의 아들과 꼭 닮아 있었다.

　이런 것이 있었던 일의 회상이다. 실제로 경험했던 회상은 대부분 미소를 동반한다. 그런데 경험하지 못한 일에 대한 회상도 있다. '무엇을 했었더라면' 같은 것이다. 이런 생각은 대부분 후회와 동반된다. 착각 속에 살고 있는지 몰라도 주위 사람들은 내가 젊게 보인다고 한다. 얼마 전 유럽에서 미술관 입장권을 살 때 고령자 우대(senior discount)가 가능한지 물었더니 나이를 확인해야 하니까 신분증을 보여 달라고 했다. 내 여권을 본 다음 그녀가 한 말을 잊을 수가 없다.

"Oh my god, unbelievable. You look pretty young!" 그 말을 들은 후 미술관에서 감상하는 작품이 모두 훌륭하게 느껴졌다. 왜냐고? 내가 기분이 좋았으니까.

이제는 진정하고 자신을 돌아봐야

420 x 1000 x 450, cedar

사무실에서 사용할 가벼운 의자를 만들어 보았다. 아내가 직접 손으로 짠 성글고 두툼한 담요(blankets)가 추운 날씨와 어울려 잘 사용하고 있다.

할 순간이다. 나이가 쌓이면서 깨닫게 되는 부분은 자신의 현 상태를 인정하고 기대치를 낮추어야 한다는 점이다. 어떤 운동을 해도 예전과 같지 않아서 맘에 차지 않는다. 항상 내가 최고였던 순간의 모습만 진짜 나라고 기억하고 있기 때문이다.

내 주위의 시간은 한 방향으로만 진행하고 있고, 이를 따라 변해가는 현재의 내 모습을 받아들여야 한다. 나이 들면서 따라가야 할 괜찮은 모습이 있는데 그것은 말과 행동에서 나타나는 교양이다. 교양을 유지하기 위해서는 끊임없는 노력이 필요하고, 금방 효과가 나타나지도 않는다. 중요한 점은 타인의 시선이 아닌, 현재 나 자신이 느끼는 나의 감정에 충실해지는 것이다.

이제 사람들로부터 주목받을 시기는 지나도 한참 지났다. 그러나 내가 만들어 가는 나만의 이야기에서는 나이와 관계없이 내가 항상 주인공이지 않은가?

시간이 지나면

나이와 시간은 분명히 다르다. 나이는 선형적으로, 비가역적으로 흐르나 시간은 그렇지 않다. 나의 마음이 고통스러운 것은 이 두 가지를 같은 것으로 지레 단정하고 앞으로 다가올 불행한 것만 생각하기 때문일 것이다. "삶의 유한함 때문에 우리는 삶의 의미를 찾고 창조를 하게 되었다"라는 말은 타당하지만 누가 좀 더 자세히 설명해 주었으면 좋겠다. "위대한 것을 내 시간으로 끌어올 수 없지만, 사소한 나의 시간을 위대하게 만들어 보라"라는 어떤 선각자의 말에 희망을 걸어 본다. 비록 나의 시간을 위대하게 만드는 방법에 대해서 구체적으로 생각해 본 적은 없었지만 말이다.

"나이가 들지 않는 책이란 독자로 하여금 항상 새로운 무언가를 발견할 수 있다는 기대를 품게 하는 책이다." 마르크 오제

(Marc Augé, 인류학자)가 쓴 '나이 없는 시간'이라는 책의 한 구절
이다. 우리는 영원함에 너무 많은 기대를 하고 있다. 애당초 책
은 우리가 생각하는 유한함을 전혀 다르게 해석하고 있다. 책
뿐만 아니라 인간을 제외한 자연은 그 자체로 영원하다. 우리
만 늙어가지 않는 것, 다시 젊어지는 것에 대하여 헛된 기대와
노력을 하고 있을 뿐이다. 프랑스 시인 알퐁스 드 라마르틴(Al-
phonse de Lamartine)의 '호수(Le Lac)'를 읽고 깨닫기를 기대한다.

오, 호수여! 말없는 바위여, 동굴이여, 무성한 숲이여,

시간과는 무관한 그대들이여,

시간이 그대들을 다시 젊게 할 수도 있는 그대들이여,

이 말을 간직해다오. 아름다운 자연이여, 간직해다오.

적어도 추억만이라도!

-마르크 오제(Marc Augé)의 '나이 없는 시간'을 읽고

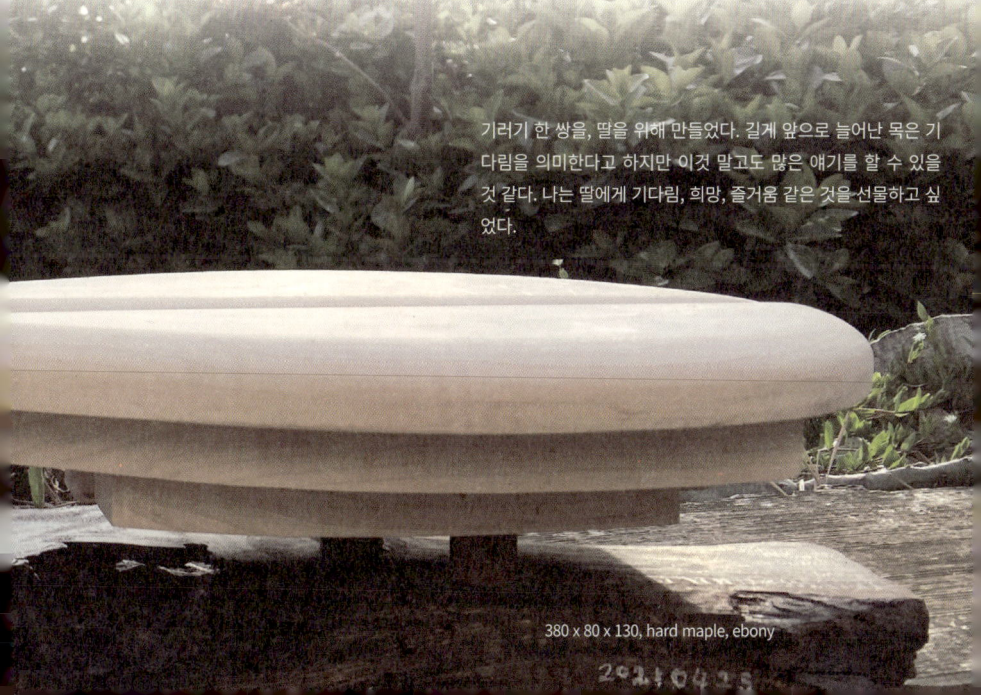

기러기 한 쌍을, 딸을 위해 만들었다. 길게 앞으로 늘어난 목은 기다림을 의미한다고 하지만 이것 말고도 많은 얘기를 할 수 있을 것 같다. 나는 딸에게 기다림, 희망, 즐거움 같은 것을 선물하고 싶었다.

380 x 80 x 130, hard maple, ebony

20210425

자유로운 시간과 나이의 제약

이제 기억도 가물가물한 오래전 새벽 시간에 고속도로를 무작정 달린 적이 있었다. 화가 났거나 슬퍼서가 아니라 너무 쓸쓸해서 무작정 차를 몰고 나왔다. 가끔 머릿속으로 떠올리던 죽음이라는 단어가 그 순간 화려하게 느껴졌다. 얼마나 달렸는지 모를 만큼 달리다 보니 조금씩 마음이 차분해지고 기분이 풀리면서 머리가 맑아졌다. 시간이 어떻게 지났는지도 모르는 새롭고 신선한 어떤 감정, 당시 내가 느낀 감정은 '자유'였다. 나를 둘러싼 곳에서 벗어날 수만 있다면 어떤 일도 할 수 있을 것 같은, 희망 같은 것이었다. 그 순간을 가능하면 오래 느끼고 싶었다. 집에 돌아와 잠깐 잠을 잤고, 출근하여 매일 하던 일을 반복했다.

이제는 두 번째 직장에 출근하기 위해서 매일 고속도로를 달린다. 오랫동안 '자유'라는 단어를 잊고 있었다. 그리스인 조르

바가 자유로운 정신으로 연주하던 산투르의 소리를, 이사야 벌린(Isaiah Berlin, 정치철학자)이 주장하던 '소극적 자유'의 소중함을, 그리고 에피쿠로스가 추구했던 '속박으로부터의 자유'를 잊고 있었다. 아무것도 두렵지 않다던 조르바가 후반부에 편지에서 고백했던 한가지의 풀지 못한 두려움과 궁금증은 '늙어감'이었다. 지금 내가 느끼고 있는 두려움이다.

나의 마지막은 어떤 자유를 갈구하게 될까?

새로운 무언가를 찾아낼 의지만 잃지 않는다면 늙어가면서 시간의 자유로움을 만끽할 수 있을 것이다. 마르크 오제(Marc Augé, 인류학자)는 나이와 시간의 개념을 유용하게 구분했다. 나이를 '출생과 사망 사이의 선형적이고 불가피한 행진'으로 설명하고 시간의 흐름은 단순히 운명을 펼치는 것이 아니라, 오히려 우리에게 '변화할 기회를 제공하는 상상력의 원자재'라고 설명했다.

결국 우리는 나이 들어가고 있지만, 시간은 이와 동행하는 것이 아니라 자유롭게 상상할 수 있는 즐거움이 될 수 있다는 생각이 든다.

외국에서 원목을 수입하던 사람이 IMF 사태로 부도를 맞아 모든 것을 잃었다. 집 처마 아래에 잠시 쌓아 두었던 흑단과 경단풍(hard maple) 덩어리가 수년간 방치되다가 내게로 왔다. 경단풍 옹이(burl)는 보기 드물게 큰 덩어리였는데 가운데를 켜니까 수질을 따라 침투한 곰팡이 때문에 착색된 무늬가 나타났다. 길게 이어지는 검은색 선을 따라가 보았다.

650 x 350, spalted hard maple, ebony, acrylic paints

나누어지고 다시 만나는 무수한 작은 선들의 조합이 나타났다. 무한히 반복되는 사건을 암시하고 있었다. 두려움, 공포, 불안 같은 것을. 흑단 조각으로 도시의 실루엣을, 그리고 이를 비추는 팽창된 태양으로 알 수 없는 두려움 같은 것을 표현하고 싶었다.

지금 주변에서 찾아야 할 것

지금 내 주변에는 아무도 없다. 직장에서 잘나가는 친구는 출장을 핑계로 부부가 같이 유럽으로 떠났다. 매일 할 일이 없다고 푸념하던 친구가 오늘은 오랜만에 좋은 식당으로 초대받았다며 자랑하며 식사약속에 갔다. 나는 지금 특별히 할 일이 없고 하고 싶은 일도 없다. 무엇이 좋은지도 모르겠다. 갑자기 외롭고 쓸쓸한 기분이 든다. 외로움은 주위가 나에게 관심이 없는 것이지만, 동시에 내가 주위에 관심을 가지지 못하는 것도 포함하는 표현이다. 행복이란 과연 무엇을 말하는 것일까? 좋은 사람이 옆에 있는 것, 아니면 하고 싶은 일을 하는 것, 예를 들자면 끝이 없다. 나에게 행복이 오지 않는 것이 아니라 바로 옆에 있는 행운을 찾지 못해서 불행한 것이다. 나만 빼놓고 모두 바쁘고 재밌게 지낸다고 생각할수록 내 처지가 처량해진다.

그런데 지금 내가 할 수 있는, 이렇게 조용히 앉아서 자유롭게 생각의 나래를 펼칠 수 있다는 것을 왜 생각하지 못했지? 지금 무언가를 해야 한다는 생각보다 아무것도 하지 않는 것을 선택한다는 것이야말로 즐거운 일이 아닌가? 헤밍웨이는 "진정한 뛰어남이란 과거와 비교하는 것"이라고 말했다. 그렇다면 현재 내가 할 일은 과거의 나와 비교해서 나아진 무엇인가를 찾아보는 것이다. 편안함, 보람, 그리고 가치들은 서로 부딪치는 것 같지만 잘 생각하면 서로 통한다. 가치와 보람은 선택의 문제이고 이를 통해서 마음의 편안함이 생겨난다.

할아버지가 손주에게 착한 늑대와 악한 늑대 이야기를 해주었다.

"그러면 누가 이기나요?"

"그야 네가 먹이를 주는 늑대가 이기지"

그렇다. 무엇을 어떻게 할 것인가는 우리가 선택하는 것이다.

"쿨(cool) 하다"라는 의미도 타인이 보기에 괜찮은 모습이다. 그래서 젊은이들에게 유행이다. 노인들은 좀처럼 따라 하기 어려운 행동이기도 하다. 그러나 이 말의 어원이 흑인 노예들의 자포자기적 삶에서 나온 것이라는 것을 알고 있을까? 좀 더 깊게 들어가 보면 '쿨'한 것은 두려움을 피하려는 무의식적인 행동일 수 있다. 친절함과 미소는 이러한 모든 것을 뛰어넘는 가장 강력한 무기이지만 무시당할지 모른다는 두려움 때문에 자주 사용하려 하지 않는다.

나무창고는 딱히 할 일이 없을 때, 특히 오전에, 앉아 있기 좋은 곳이다. 햇살이 내려오면 주위가 뿌옇게 보이고 상상의 나래에 빠져든다.

Scrap woods storage

멈추어야 할 때,
나아가야 할 때,
돌아보아야 할 때

"인생이 아주 큰 것을 선물하리라는 기대가 착각이었음을 깨닫기 시작하면서 나이는 빠른 속도로 다가와 나를 끌고 갔다."

<돼지꿈>, 오정희 저

어느 순간부터 새벽에 일어나 현관에서 신문을 들고 안방 화장실까지 가는데 멀다고 느껴졌다.

어느 힌두교도가 작은 배낭을 메고 마을로 가기 위해 높은 산길을 걷고 있었다. 멀리서 열 살쯤 되는 소녀가 통통한 애를 업고 땀을 흘리며 오더니 가까이 지나쳤다.

"힘들지 않니?" 라는 질문에 소녀는 대답했다.

"왜요? 내 동생이에요."

몸과 마음이 고단할 때는 이 소녀의 상기된 얼굴과 등에 업혀 편안하게 자고 있는 동생의 모습을 상상하며 위로를 받는다.

행복하다고 느끼는 것은 편안한 것과 다른 얘기이다. 오랜 시간 수술로 땀에 흠뻑 젖어버린 수술복을 뭉쳐서 던져버리고 찬물을 머리에 뒤집어쓸 때, 그리고 휴게실에서 탁자에 발을 올리고 시원한 콜라 한잔을 마실 때가 비록 해야 할 일들이 잔뜩 밀려 있어도 나에게는 행복하고 편안한 순간이었다.

인디언들은 말을 타고 달리다가 가끔 멈춰 서서 뒤를 돌아본다고 한다. 자기 영혼이 잘 따라오는지 확인하려는 것이다. 시간은 누구에게나 같은 속도로 지나가지만, 느껴지는 속도는 각자 다르다. 시간이 주는 의미는 각자 마음에 달려 있다. 자는 척하는 사람은 깨울 수 없고, 배고픈 사람은 기도가 빠르다. 결코 시간과 상황이 사람에 따라 다르게 적용되는 것은 아니다. 단지 사람이 시간과 상황을 다르게 활용할 뿐이다. 멈추어야 할 때, 나아가야 할 때, 그리고 돌아보아야 할 때를 구별하는 것은 무척 어려운 일이다. 하지만 그렇게 하려고 노력하지 않으면 평생 남이 가는 길을 따라가면서 불평하고 후회만 할 것이다.

- 쑤쑤(중국의 작가)의 같은 제목의 책을 읽고 나서

200 x 200 x 20, Cherry, ebony

뜨거운 냄비를 올려놓기 위하여 만들었는데 아내는 사용하기에 아깝다고 하면서 찬장에 세워 놓았다. 한때 목공기계 중에 하나인 라우터(router) 사용에 푹 빠져 있을 때 정성을 들여 피라미드 형상을 따라 만들었다. 보기보다 시간과 집중력이 많이 요구되는 작업이었지만 지루한 줄 모르고 집중해 완성했다. 자칫 소홀히 하는 순간 모서리가 떨어져 나가기 때문에 아주 조금씩 일정한 속도로 조금씩 깎아내야 했다.

시작과 끝

"반복되는 하루는 없다.

두 번의 똑같은 밤도 없고,

두 번의 한결같은 입맞춤도 없다.

두 번의 동일한 눈빛도 없다."

　내가 좋아하는 시인 쉼보르스카(Wislawa Szymborska)의 '두 번은 없다'라는 시의 일부이다. 우리들의 시작은 모르는 가운데 생겨났다. 젊은이들은 편안함보다는 위험을, 익숙함보다 모험을 선택하고 그 끝이 어떨지 두려워하지 않는다. 하지만 노인은 시작을 두려워한다. 끝을 의식하기 때문이다. 시간과 공간, 그리고 물질은 우주가 시작할 때는 하나였지만 지금 끝없이 팽창하고 있다. 우리의 삶은 분명히 끝이 보이기에 지나온 시간과 앞으로 남은 시간을 생각한다. 지금 이 순간은 짧지만 보람을 느껴야 할 바로 그 시간이다.

　신화 속 그리스의 왕 피루스(Pyrrhus)와 그의 신하였던 시네

아스(Cineas)가 어느 날 대화를 나누었다.

"왜 왕께서는 전쟁을 계속하려 하십니까? 이번 전쟁에서 승리하면 다음은 무엇을 하겠습니까?"라고 묻자 왕은 대답했다.

"다른 나라를 치러 가겠지."

"다음에는요?"

"다시 다른 나라를 치러 가겠지."

"다음에는요?" 시네아스가 계속 질문했다.

"이제는 돌아와 쉬겠지."

"결국 돌아와 쉴 거라면 무엇 때문에 전쟁을 벌입니까?"

비슷한 이야기도 있다. 그리스신화의 인물인 미다스(Midas)와 그의 스승 실레노스(Silenus)의 대화이다. 미다스는 그의 스승에게 세상에서 가장 좋은 것이 무엇이냐고 물었다. 스승은 태어나지 않는 것이라고 했다. 나는 이미 태어났으므로 다음으로 중요한 것을 알려달라고 했다. 더 이상 거절할 수 없었던 실레노스는 대답했다.

"빨리 죽는 것입니다."

우리는 결국 죽는다. 그렇다고 태어난 목적이 죽는 것일 수는 없다. "어차피 죽을 것 왜 살아?"라는 말은 옳지 않다는 것이다. 우리가 어떤 목적을 세운다 해도, 그것을 이루고 나면 곧바로 다음 목표를 향해 나아가게 마련이다. 크든 작든 우리는 매 순간 무언가를 이루며 살아간다. 언뜻 보면 나만의 고유한 목표처럼 보일지라도, 자세히 들여다보면 타인을 전혀 고려하지 않은 삶과 목적은 존재하지 않는다.

"생전에 어느 한 사람만이라도 자신이 세상에 태어난 것이 다행이라는 생각을 가질 수 있도록 내가 도울 수만 있다면 나의 일을 다 한 것이다"라고 어떤 선인이 말했다.

태어나서 자신에게 주어진 역할을 다하며 살아간다는 것은 결코 쉬운 일이 아니다. 우리는 그것을 '소명(vocation, calling)'이라 부를 수 있을 것이다.

860 x 490, soft maple, purple heart, finger print image

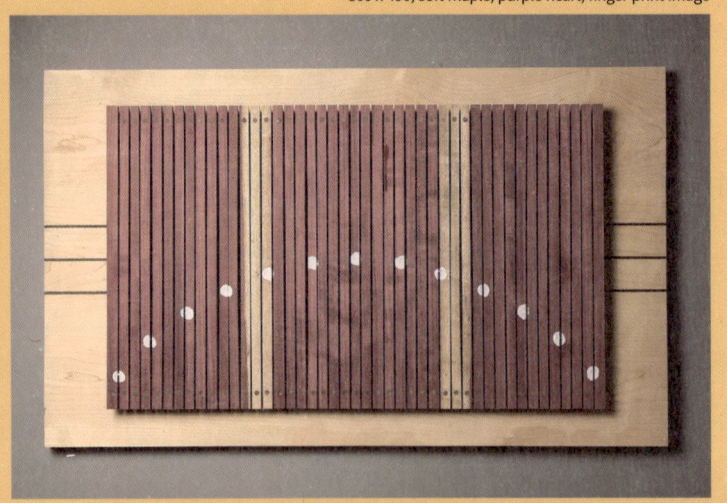

되돌릴 수 없는 시간의 수평적 흐름 속에서 우리의 삶은 순간을 이어가는 것이다. 찰나의 시간이라도 그 안에서 우리는 무한한 감동과 깨달음을 얻을 수 있다.

고통 속의 행복

어지럽게 뒤엉킨 넝쿨을 걷어내려고 끌어당기던 순간, 갑자기 말벌 떼가 나타나 피할 틈도 없이 내 손등을 쏘았다. 마치 망치로 한 대 맞은 느낌이었다. 얼마 지나지 않아 왼손 전체가 부어올랐고 통증이 밀려왔다. 다행히 전신 과민 반응은 발생하지 않았다. 항히스타민제를 복용했으나 별다른 효과는 나타나지 않았다. 증상이 악화되지는 않아 오후에 예정된 학술모임에 참석했는데 도무지 집중할 수 없었다. 가렵다가 아프고 뻐근한 증상이 지속적으로 반복해서 저녁이 되어도 도저히 잠을 잘 수 없었다. 샤워를 하려고 뜨거운 물을 틀자 가려웠던 부위의 감각이 변하면서 손등으로 전기가 통하는 느낌이 찌릿하게 전해졌다. 몸이 마치 공중에 떠 있는 기분이 들더니 정신이 몽롱해졌다. 마약을 사용하면 이런 느낌일까? 조금만 더 있으면 전신이 감전될 것 같았다. 갑자기 부처님 말씀이 떠올랐다.

"성난 코끼리를 피해 도망가다가 우물에 뛰어들어 등나무 넝쿨에 매달렸다. 한숨을 돌리며 위를 쳐다보니 쥐가 넝쿨을 갉아 먹고 있었고 바닥에는 입을 벌린 독사들이 우글거리고 있었다. 망연자실하고 있는데 넝쿨 꽃에서 입술로 떨어진 꿀 한 방울로 인해 행복해졌다"라는 안수정등(岸樹井藤) 설화였다.

그리스 철학자 에피쿠로스는 말년에 신장결석을 앓았다고 한다. 고통이 지속되자 그는 친구였던 이도메네우스에게 보내는 글을 썼다.

"나는 내 삶의 마지막 날, 더없이 행복한 날에 이 편지를 쓰네, 나는 소변을 보기 어렵고 이질에 걸려 극심한 고통을 겪고 있지만, 우리가 지난날 나누었던 대화를 떠올리는 기쁨으로 고통을 잊으려 한다네!"

지구 건너편에서 발생한 끔찍한 사건보다, 내 손가락 끝에 박힌 작은 가시 하나가 나를 더 괴롭힌다. 뜨거운 물줄기가 한순간 나를 이렇게 바꿔버릴 것이라고 상상이나 했겠는가?

잘 뻗은 가지만 보면 테이블의 다리를 만들고 싶은 마음이
생긴다. 삼나무로 상판을 만드니까 가벼워서 옮기기 좋고
운치도 있다.

1220 x 650 x 720, cedar, curved tree branches

혼자 있다는 것(solitude)

　외롭다는 것이 꼭 부정적인 것만은 아니다. 자신이 선택한 외로움은 '고독'이라고 부를 수 있고 이러한 상황은 자신을 좀 더 객관적으로 볼 수 있는 좋은 기회가 된다. 내향적인 사람에게는 익숙한 감정이기도 하다. 젊은 시절 일에 치여서 어디론가 탈출하고 싶었던 나에게 고독은 불가능한 꿈이기도 했다. 외로움과 고독은 방에 혼자 있는 것이다. 외로움은 밖에 나가도 타인의 얼굴을 볼 수 없는 상태이고, 고독은 혼자 있는 방에 커다란 거울이 하나 있는 것이라는 비유는 아주 적절하다. 주위가 조용해지고 더 이상 나를 방해하는 것이 사라지면 거울이 보이고, 좀 더 집중하면 나의 마음까지도 볼 수 있다.

　신학자 폴 틸리히(Paul Tillich)는 "외로움은 혼자 있어서 아픈 것이고 고독은 혼자 있어 즐거워지는 감정이다"라고 했다. "능동적으로 선택한 '홀로 있음'은 자신을 향한 관심을 끌어 올려 집중 할 수 있게 해주고, 은둔의 평온함을 찾게 된다"라고 의사이자 철학자인 요한 G. 치머만(Johann Georg Zimmermann)은 말했다. 고독은 끓어오른 감정을 가라앉히고 타인과의 관계도 다시 평가할 수 있게 되는 좋은 기회가 된다. 이는 내면의 평화를 찾기 위해 타인이 아닌 나 자신과 연결한다는 의미이다. 소설가 파울로 코엘료(Paulo Coelho)는 "고독은 동반자가 없는 것이 아니라, 우리의 영혼이 우리에게 자유롭게 말을 걸고 우리가 무엇을 할지 결정하도록 돕는 순간이다"라고 고독을 정의했다.

그렇다고 사회생활을 무시하는 것이 아니다. 원만한, 때로는 활발한, 대인관계는 누구에게나, 특히 젊은이에게, 필요하다. 진화인류학자 로빈 던바(Robin Dunbar)는 정상적인 사회생활을 위한 친구나 지인의 수가 150명 정도가 필요하다고 했다. 우리나라에서는 '카톡'을 주고받을 수 있는 친구의 수로 보아도 무방할 것 같다. 노인이 되면 자연히 사회활동은 줄어들게 되므로 로빈 던바가 이야기한 지인의 수도 조정이 필요할 것 같다. 더군다나 나이가 들면 로빈 던바가 자료로 사용했던 뇌, 특히 신피질의 두께가 점차 위축되지 않는가? 로빈 던바에 따르면 단단한 써클은 5명, 좋은 친구는 15명 정도의 지인으로 정의할 수도 있다고 했다.

고독이 주는 긍정적인 점을 고려하더라도 노인의 사회적인 관계의 유지는 여전히 중요하다. 하지만 본인의 의사와는 무관하게 노인에게 외로움과 고독이 요구되는 상황은 점차 늘어나고 있다. 이러한 상황에 대처하는 방법은 이미 많이 소개되어 있다. 육체 활동이 포함된 일을 꾸준히 하고, 눈치를 보지 않아도 되는 신뢰하는 사람과 가깝게 지내는 것 등이다. 거동이 자유로운 동안에 한시적으로 전원생활을 하는 것도 좋을 것이다.

미국에서는 75세 이상의 노인 중 반 이상이 혼자 살아간다고 한다. 특히 아시아계에서 현저하다고 하는데 선뜻 이해하기 어렵다. 혼자 사는 사람은 당연히 위험에 쉽게 노출될 수 있고 기대여명도 단축된다. 그런데 우리나라에서는 남편을 먼저 떠나보내고 혼자 사는 여성의 경우, 부부가 같이 지낼 때보다 행복지수와 여명이 증가했다는 보고가 있다. 다른 나라에서는 볼 수 없는 특이한 현상이다. 거동이 가능한 동안에 벌여 놓은 일은 자신이 직접 마무리해야 한다. 우리나라 남자들이 그것을 잘하지 못한다.

나도 가끔 고독과 외로움을 잘 구별하지 못할 때가 있다. 혼자 있으면 우울한 마음이 더 심해지는 것은 내가 좀 더 수양이 필요하다는 증거일 것이다. 얼마나 더 오래 살아야 깊어지는 우울을 극복할 수 있을까?

2000 x 1000, pine, juniper, chili twigs

고추를 수확하고 가지를 쌓아 놨더니 하얗게 탈색되어 보기가 좋아
이것을 이용하여 크리스마스트리를 만들어 보았다. 나중에 장식을
모두 떼어 내니까 오히려 더 보기가 좋았다.

부재와 외로움
(Absence and loneliness)

'Being 97'이라는 단편 영화를 몇 번이나 봤는지 모른다. 처음에는 슬펐으나, 점차 담담하게 다가왔고, 나중에는 위로가 되었다. 영화의 부제는 '부재(absence)와 외로움(loneliness)'이었다. 97세를 맞이하는 노학자는 자신의 현 상황을 이 두 단어로 함축해서 표현했다. "어떻게 부재를 이해할 수 있겠는가? 없다는 것을 이해한다는 것은 부재가 현재 내 앞에서 존재한다는 것을 안다는 것이다, 암흑물질같이" 자신의 반려자이자 학문적인 동료였던 부인은 오래전 그를 떠났고, 매일 아침에 방문하는 도우미가 아침 준비를 해주고 돌아가면 그는 다시 혼자가 되었다. 홀로 지내기로 한 것은 순전히 그의 결정이었다. 그는 젊었을 때 죽음과 외로움 같은 주제를 가지고 논문을 발표했던 철학과 교수였다. 혼자 남게 된 지금, 그는 창가에서 막 싹이

올라온 봉오리를 보고 미소를 짓다가도 떠나간 부인을 떠올리면 언제나 눈물을 흘렸다. 그는 단지 외로움(loneliness)과 고독(solitude) 벗어나지 못해서 눈물짓는 것만은 아니었다. 이 영화는 그가 세상을 떠나기 수개월 전에 영화감독이었던 손자가 사랑하던 할아버지를 기념해서 영상으로 남긴 작품이었다. 할아버지가 오랜 기간 얼마나 많은 정신적인 유산을, 사랑을 포함하여, 남겨주었는지를 손자는 잘 알고 있었다.

영화 중 흘러나오는 음악들은 모두 내가 평소에 즐겨 듣는 곡이었다. 베토벤의 아리오소(piano sonata No. 31, Beethoven)와 현악 사중주 16번 2악장, 그리고 슈베르트의 현악 5중주 2악장이었고 이 곡들 모두 작곡가의 마지막 작품들이었다. 특히 슈베르트의 2악장 대부분을 차지하는 첼로의 느린 피치카토는 노학자의 마음속에 품고 있던 이야기들을 담담하게 풀어주고 있었다. 그는 나이와 상관없이 즐거움을 누릴 수 있는 권리는 누구에게나 있다고 생각했고, 지난날의 정직함과 성실함에 대한 보상으로 행복해질 수 있다고 생각했다. 그러나 평생의 반려자를 먼저 보내고 거동이 어려워 고립되어버린 순간, 그가 알고 있다고 생각했던 고독에 더 이상 익숙해질 수 없었다. 그는 담담하게 죽음을 기다리며 자신이 그동안 지켜온 자긍심을 유지하려고 노력하고 있었다. '행복한 죽음'이라는 말이 죄의식을 덜어보려는 기만적인 단어의 조합에 불과하다는 사람도 있지만 노학자는 그냥 담담하게 기다리고 있었다.

400 x 400 x 900, curved maple branches, soft maple slices

어차피 가볍고 편한 의자를 만들기 어려울 바에는 나의 개성을 살린 작품을 만들어 보자는 생각이 들었다. '나무 그루터기에 앉는 기분은 어떨까?'를 생각하던 차에 단풍나무 가지를 모아 놓은 것이 눈에 띄었다.

벽

높은 담을 치고 안에 있으면 마음이 편할까? '안도의 한숨을 쉬다'라는 표현에서 사용되는 안도(安堵)의 어원은 춘추전국시대로 거슬러 올라간다고 한다. 낙원(paradise)의 어원도 '울타리를 두른 공원'이라는 의미의 그리스어에서 파생되었다고 한다. 지구의 어떤 곳에서는 지금도 계속 벽을 쌓아서 사람과 사상의 이동을 막으려고 하지만, 오늘날에는 더 이상 그러한 벽의 역할은 유효하지 않게 되었다.

벽을 쌓고 나면, 그 안에 있는 사람은 은밀한 두려움과 불안에서 벗어나서 알몸으로 있어도 편안하게 된다. 하지만 시간이 조금 지나면 밖이 궁금해지기 시작하고, 벽의 갈라진 틈을 통해 자신의 은밀한 취약성을 숨긴 채 밖을 보려고 한다. 벽 바깥에서 살아가고 있는 사람들을 몰래 바라보면서 점차 그들의 세계로 합류해 버린다. 시간이 좀 더 지나면 벽을 세워 놓고도 더 이상 안과 밖의 차이가 없어진다. 벽에 둘러싸인 공간이 위에서 들어오는 햇살에 데워지면 그곳을 나만의 것으로 착각한다. 그러나 막상 밖으로 나가, 그동안 훔쳐보던 사람들 사이에 섞이게 되면 갑자기 어색해지고 부끄러워진다. 벽 안에 있을 때보다 더욱 외로워진다. 벽이 세워졌지만 안과 밖의 구분이 어려울 때는 자신이 편하다고 느끼는 쪽이 안쪽이 된다.

그렇다면 유리창 안쪽은 어떤가? 바람과 추위, 소리를 막아주지만 고립된 느낌을 주지 않는다. 첨단 유리는 한 방향으로만 볼 수도 있다고 하는데, 이때 유리 안쪽에 있는 나는 은밀한 자유로움을 느낄 수 있을까?

뒷산에서 간벌을 히면서 잘라낸 나무를 보자, 갑자기 이를 이용해서 무언가 만들고 싶었다. 하나의 설치물로 장작을 둥글게 쌓아 나만의 공간을 만들었다. 그 안에 혼자 있으면 조용하고 따뜻하며 전혀 낯설지 않았다. 마치 많은 사람들이 내 말을 듣고 싶어 주위에 둥글게 둘러앉아 있는 느낌을 받았다. 나는 아무 말도 하지 않고 가운데에 앉아서 따뜻한 햇살을 즐겼다.

IMF사태를 극복하지 못한 목재 수입업자의 처마 아래서 방치되었던 흑단
을 구입했다. 쓸만한 부분을 찾아보려고 켜 나가던 중 흥미로운 부분이 보이
기 시작했다. 그 순간 떠오른 상상의 이미지를 구체화하였다. 조지아 오키프
(Georgia O'Keeffe, 화가)작품 속의 의 달과 사다리를 차용하여 나무에 새겼다.

달

나를 태운 재를
달에 뿌리고 싶다고

아들에게 얘기했다.
잘 들었는지는 모르겠지만

누군가는 빈 엽서를
같이 묻어달라고 했다는데

나는 단지
와인을 잔에 따르던 중
불현듯

잔을 위로 들고
"아빠가 보고 싶어요"라고
마음속으로 말해 주었으면 한다.

아니면 단지 달이 보이면
잠깐 스치듯이
아빠를 생각해 보라는

720 x 420, ebony, acrylic paint

잃어버린 것은 파괴될 수도, 줄어들 수도 없다

중세 이탈리아 시인이었던 페트라르카(Francis Petrach)는 '자신의 무지에 대하여'라는 책에서 "잃어버린 것은 파괴될 수도, 줄어들 수도 없다"라고 말했다. 아름답고, 낭만적인 명언이다. 지나간 일도 마찬가지이다. 아쉽고 부끄럽고, 떳떳하지 못했던 일들은 고백한다고 돌이킬 수 없다. 내가 할 수 있는 일은 '왜 그랬을까?'보다는 '그랬었지'이다. 미래에 같은 잘못을 반복하지 않으려 한다면, 현재를 온전히 여유롭게 즐기기란 쉽지 않다.

추운 오후 석양빛에 몸이 따뜻하게 데워지면 '저녁에(Im Abendrot)'라는 곡을 골라 본다. 스트라우스(Richard Strauss)는 그보다 1세기 전에 태어난 아이헨도르프(Joseph von Eichendorff)가

쓴 시에 곡을 달았다. 잃어버린 것에 대한, 이미 내 것이 아닌, 미련보다는 아직도 소중하게 남아있는 무언가를 느끼면서 인생의 말년을 보내는 나를 상상 해본다.

잃어버린 것에 대한 후회는 계속 쌓이게 된다. 이에 관한 명언 몇 가지가 생각난다. "'나중에'라는 말보다 더 고약한 것이 있을까?"* "호메로스 시대에는 신들이 우리를 관찰했으나 현대에는 우리가 자신을 관찰한다"** "시간이 지나면서 인생의 비밀을 안 것 같아. 그냥 익숙해지는 거야"*** 그렇다. 잘못한 것은 되돌릴 수 없고 후회가 남지만, 때로 그 후회가 도움이 되기도 한다. 섬세함과 정확함, 그리고 끈기가 점차 무디어지면서 늘어나는 실수와 후회를 어떻게 극복할 수 있을까? 잃어버린 것은 이미 나의 손을 떠난 것이다. 어떻게 할 수 없다.

성장하려면 실수를 두려워하지 말아야 한다고 하지만, 평생 틀려서는 안 된다는 소극적인 교육에 길들여진 나는 여전히 새로운 것에 용기 있게 도전하기를 주저한다.

---

*존 맥스웰(John C. Maxwell, 작가)의 저서 '사람은 무엇으로 성장하는가'에서 발췌
**발터 벤야민(Walter Benjamin, 작가, 문예평론가)의 글에서 발췌
***연재만화 '피너스(Peanuts)'의 주인공인 찰리 브라운이 한 말

750 x 300 x 750, cherry, twigs

'테이블을 그냥 장식용으로 만들면 어떨까?'라는 생각으로 제작했다. 완성하고 나니까 그럴듯했고, 거꾸로 보면 오랫동안 아무도 찾아오지 않은 흙무덤처럼 보였다.

삶을 선택할 권리(Quality of life)

누구도 죽음이라는 명제 앞에서 담담할 수는 없다. 피할 수 없다면 당당하게 맞서라는 말을 거리낌 없이 내뱉기도 하지만 막상 그 순간이 온다면 어떨까? 영화감독 우디 앨런(Woody Allen)은 이러한 상황에 대하여 "난 죽음을 두려워하지 않아, 다만 그게 닥쳤을 때 거기에 있고 싶지 않을 뿐이야!"라고 우디다운 대답을 했다. 가끔 죽음을 생각하지 않는 순간에 불현듯 세상을 떠나는 것도 상상해 본다.

나의 둘째 매형은 난소암으로 항암치료를 받고 있던 누나에게 "나 같으면 그냥 확 죽어 버릴 거야"라고 되돌릴 수 없는 끔찍한 말을 던졌다. 아내는 누나가 항암치료를 마치면 언제나 내 작업실로 초대해서 정성스럽게 식사를 만들어 주는 것으로 위로했고, 누나는 그런 분위기를 몹시 좋아했다. 결국 누나는 떠났고 수년 동안 연락이 없던 매형으로부터 어느 날 전화가 왔다. 담도암 진단을 받았는데 수술은 불가능해서 항암치료를 받아야 한다면서 병원을 소개해 달라는 것이었다. 나는 매형이 원하는 병원으로 연결을 해주었지만, 병문안은 가고 싶지 않았다. 결국 그도 세상을 떠났다. 마음이 복잡해서 화장하는 것만 보고 돌아왔다. 외로운 죽음이었고 쓸쓸한 장례식이었다.

노년의 마지막은 몸과 마음이 겪는 고통이 문제가 되는 시간이다. 변함없는 듯 반복되는 하루하루의 삶에서 타인의 시선을 의식하지 않는 자신의 결정과 실행이 필요할 때가 다가온다. 이때 자신에게 주어진 여명을 순리대로 따를 것인지, 아니면 자신의 신념에 따른 행동을 할 것인지를 결정할 순간이 온다. 나는 아직 확고하게 이에 대한 마음을 결정하지 못했지만, 장 아메리(Jean Améry)의 저서 '자유 죽음(On Suicide: A Discourse on Voluntary Death)'을 접한 후 마음이 많이 편해졌다. 이것만은 확실하다. 자기의 남은 생을 결정할 권리는 누구도 아닌 바로 자신에게 있다는 것이다.

최근에 무의미한 연명치료를 중단하고 싶어 하는 사람을 위하여 전신캡슐이 개발되어 수 분 내에 행복한 기분으로 생을 마칠 수 있게 되었다는 기사가 눈에 띄었다. 이어지는 내용은 임상실험 중 윤리적인 문제가 제기되어 중단했다는 것이었다. 조만간 여러 문제점을 개선해서 세상에 나올 것이다. 여기서 내가 중요하게 생각하는 부분은 '자기 삶의 지속 여부를 어떠한 과정을 거쳐 결정하게 되는가'이다. 건강한 판단은 이성을 필요로 하며, 이성은 제대로 습득한 경험과 학습이 필요하다. 결코 쉽지 않은 과정이다.

지키고 싶은 것

  나이가 들어가면서 드는 생각은 나와 내 주변을 정리해야
한다는 것이다. 내 주변에는 아직도 나와 관련된 것들이 많이
남아있다. 언젠가 아내와 여행 중에 골동품 가게를 구경하다가
맘에 드는 까만 보석이 달린 목걸이를 발견한 적이 있다. 가게
주인에게 어떤 재질인지 물어보니 사람의 머리카락이라고 했
다. 남편을 먼저 떠나보낸 부인이 그를 오래 기억하고 싶어 머
리카락 조금 남겨 화학 처리를 해서 보석처럼 만들었다는 것이
었다. 이제 그 할머니도 돌아가시고 생전의 유품은 모두 골동
품 가게로 옮겨졌다.

970 x 180, Hard maple

내가 소중하게 간직했던 것이라도 타인에게는 어떤 의미가 있을까? 내가 소중하게 아끼던 것을 어떻게 하면 내가 원하는 방법으로 후손에게 물려줄 수 있을까? 돈이나 보석을 이야기 하는 것이 아니다. 내가 끝까지 잃고 싶지 않은 그 무언가를 말 하는 것이다. 언뜻 생각나기는 젊을 때 가슴속에 품고 있던 열 정, 신념과 같은 것이다. 그때의 긍정적인 열정이 지금은 몹시 부럽다. 누가 빼앗아 간 것도 아니고, 그토록 오래 간직했던 것 인데, 지금 이 순간에 그것들을 누리지 못할 이유가 있을까? 주 변을 정리하는 것도 중요하지만 앞으로 계속 이어가야 할 일도 중요하다. 그래야 삶 속에서 새롭게 정리할 일들이 계속 생겨 나지 않겠는가? 그리고 내가 가지고 있던 열정을 후손에게 넘 겨주려면 나의 행동이 떳떳하고, 괜찮게 보여야 한다. 그것도 끊임없이.

경단풍으로 긴 도마를 만들었는데 평소에는 그냥 테이블에 장식용 으로 놓아둔다. 긴 도마는 여러 목적으로 사용하기 편리한데, 특히 이른 봄에 여러 가지 나물을 조금씩 올리면 보기 좋고 유용하다.

이제 그만 떠나도 되지 않을까?

간혹 '이제 그만 떠나도 되지 않을까?'라는 생각을 해본다. 살 만큼 살았고, 원하는 것을 어느 정도 이룬 기분이다. 크게 아쉬울 것이 없다는 생각도 든다. 어쩌면 참 편한 생각을 하고 있는지도 모른다. 당장 가족의 하루하루 삶이 내 어깨에 달렸다면 꿈도 꾸지 못할 일이다. 동시에 '언제 떠나도 서운하지 않은 사람이 있을까?'라는 생각이 들기도 한다.

지금까지 어떻게 살아왔는지 생각해 본다. 당장 해야 할 일들이 있었고, 가까운 미래에 이루어야 할 일도 있었다. 그동안 내가 나를 필요로 했던 이유가 무엇이었는지도 곰곰이 생각해 본다. 나를 지탱해 주던 것은 호기심이었다. 모르는 것을 알아내고 싶은, 해보지 않았던 일을 저질러 보고 싶은 마음이 지금까지 나를 끌고 온 것이다.

나는 스포츠 중계를 좋아하는데, 그중에서도 단연 배드민턴이 최고다. 특히 안세영 선수의 투지와 끈기는 언제나 나에게 영감과 용기를 준다. 바닥에 넘어지는 순간에 어떻게 집중해서 공을 넘기고 바로 일어날 수 있는 것일까?

배드민턴의 묘미는 셔틀콕에 있다. 셔틀콕의 속도는 구기 종목 중 가장 빠르지만, 마지막 순간 급하게 감속하면서 많은 드라마가 연출된다. 우리의 인생도 이와 별반 다르지 않다. 빨리 자라고, 많은 것을 배우고. 쉴 틈 없이 일을 한다. 인생의 후반부에 들어서야 무언가 보이고 생각할 틈이 생긴다. 마지막에 속도가 줄어든 탓에 셔틀콕이 보이기 시작하는 것이다.

공부를 한다는 것은 아직도 모르는 것이 있다는 사실을 알려주는 것이고, 그 시작점에는 언제나 호기심이 있다. 새로운 것을 알게 되면 다시 도전해 보고 싶은 욕망이 생겨난다. 이런 사실은 나이 듦의 축복 중 하나이다. 나는 아직도 가끔 기발한(?) 아이디어가 떠오르고, 도전해 보고 싶은 생각이 든다.

아직 떠날 때가 아닌 모양이다.

400 x 280, Maple, walnut, ebony, cherry

쉽고 빠르게, 그리고 다양하게 시도해 볼 수 있는 것이 도마 만들기다. 목공을 취미로 시작한 후 많이 만들었지만 현재 거의 남아있지 않다. 수많은 음들이 오선지 위에서 불규칙하게 튀어 오르고 있지만 이들 하나하나가 모두 나에게 깊은 감동의 여운을 남긴 것이었다.

550 x 320, sliced juniper

같은 나무를 연속 잘라도 같은 부분은 하나도 없다. 같지 않다는 것은 어떤 선택도 자체의 흠과 실수가 나타날 가능성이 있는 것이나. 향나무를 서음 질렀을 때 느꼈던 향기와 연한 분홍색의 문양을 그대로 간직할 수 없어 안타깝다. 기억으로만 보관할 수밖에.

수술실 창밖에 눈은 내리고

'착하다'는 표현이 "자기주장을 잘하지 못하고 남의 말에 잘 따른다"라는, 어딘가 능력이 부족한 듯한 의미로 추락했지만 나는 여전히 이 단어에 미련을 가지고 있다. 나의 어린 시절과 학창 시절은 바로 지금 사람들이 말하는 의미의 '착한 사람'의 모습 그대로였다.

남 앞에 서면 얼굴이 붉어지고 말을 더듬는 습관 때문에 초등학교에서의 적응이 쉽지 않았지만, 선생님과 부모님의 말씀을 잘 듣는 그런 모범생이었다. 같은 반에 아주 뛰어난 학생이 한

명 있었는데 나는 항상 두 번째였다. 그렇지만 나는 그 친구가 부럽다는 생각은 한 번도 하지 않았고, 쉽게 친해져서 졸업할 때까지 친한 친구로 잘 지낼 수 있었다.

중·고등학교에서도 친하게 지내던 단짝이 있었는데 그는 항상 1등이었고, 역시 나는 한 번도 그를 뛰어넘은 적이 없었다. 그 친구와의 우정은 지금까지 지속되고 있다. 내가 의사가 된 뒤 그가 도움을 요청했을 때, 나는 기쁘게 최선을 다해 도와주었고 보람을 느꼈다. 대학에 들어가서도 역시 도저히 뛰어넘을 수 없는 똑똑한 친구가 내 앞에 버티고 있었다.

전공의 과정을 마치고 프로 세계에 뛰어 들자, 이제는 범접하기 어려운 강적이 한두 명이 아니었다. 그럼에도 나는 그들과 좋은 관계를 유지할 수 있었다. 그렇게 될 수 있었던 이유는 아마도 내가 사교적이어서가 아니라 대화 중 상대의 말을 잘 듣는 편이었고, 궂은일이 생기면 주로 내가 자청해서 그 일을 맡았기 때문일 것이다. 그런 모습 덕분에 그들과도 금방 친해질 수 있었고, 내가 학회 활동을 시작할 때 많은 도움을 받을 수 있었다.

처음 해외 학회에 참석했을 때의 충격은 잊히지 않는다. 참석자 모두가 나보다 모든 면에서 뛰어난 것 같았다. 나는 그때까지, 우물 안 개구리였던 것이다. 그 학회의 프로그램 중에서 지금까지 내 기억에 남아있는 강의가 있다. 강연자는 일본 신경외과를 대표하는 사노(Keiji Sano)교수였는데 강의를 마치기 전 그가 지었다는 짧은 시(하이쿠, haiku)하나를 소개했다. 대략 이런 내용이었다.

"밖에 눈이 내린다. 수술실은 조용하고, 집중하고 있다. 창밖에서 눈은 계속 내려 쌓이고 있다."

그때 나는 마치 감전된 것 같은 충격을 받았다. 그 당시 머릿속에 떠올랐던 그 이미지는 신경외과 의사의 이상적인 모습으로 내 마음속에 지금까지 그대로 남아있다.

아마 그때부터 나도 글을 쓰고 싶다는 생각을 하게 된 것 같다. 게으름 탓에 차일피일 미루다가 끄적여 놓은 글들을 정리하면서 다시 읽어보니 부끄럽고 창피했다. 그런데도 그 결실을 맺고 싶은 이유는, 글을 쓰고 싶다는 순진했던 생각과 글 속에 담긴 솔직한 마음때문이었다.

지금까지 나의 삶은 순조로운 편이었다고 생각한다. 그렇다고 부끄럽고 고통스러운 순간이 없었다는 의미는 아니다. 단지 그러한 부분은 순전히 내 탓이었고, 내 자신이 감내해야 할 부분이라는 것을 알고 있었다는 의미이다.

나의 작업실 이야기

시작

내 인생에서 최초의 창조적인 작업은 교회 초등반에서 시작
된 것으로 기억된다. 무더운 여름날, 성경 장면의 밑그림이 그려
진 종이를 나누어 받고는 예수님의 옷에 색칠을 시작했는데 다
른 아이들은 모두 빨간색으로 칠하고 있었다. 나는 아이들과는
다르게 파란색으로 색칠을 했는데, 색칠을 하면서 왠지 조금 시
원해지는 기분이 들었다. 얼마 지나지 않아 선생님이 오셔서 왜
빨간색을 사용하지 않느냐며 화를 내셨지만, 나는 내 선택을 굽
히지 않았다. 좀 더 자란 다음에는 비 오는 여름날 하수도를 막
고 마당에 물을 채워서 간이 수영장을 만들어 보기도 했고, 마당
한가운데의 멀쩡한 시멘트 바닥을 파서 작은 정원을 만들기도
했다. 대학에서 건축과 디자인을 전공하고 싶은 마음도 있었지
만, 부모님의 권유로 의사가 되었다. 그러나 가슴 한편에는 여전

히 무언가 창조적인 다른 작업을 하고 싶다는 마음이 남아 있었다.

30대 후반에 미국으로 연수를 가면서 나의 목공 작업이 시작되었다. 그곳에서 아내의 허락을 어렵사리 받아내어 화장실 하나를 개조한 다음 작은 기계들을 하나씩 사 모았다. 나의 첫 작품은 파란 테라스를 가진 하얀 이층집 모형이었고, 이어 딸을 위한 인형의 집도 만들었다. 귀국해서는 아파트 베란다에서 목공 작업을 하다가 얼마 지나지 않아 비어 있는 지하실을 임대해서 작업을 계속하였다. 작업 공간을 몇 번 옮겨 다닌 다음, 이제는 남들이 부러워하는 커다란 작업실까지 가지게 되었다.

나의 머리 한편에도 자리를 만들어서 항상 무언가 고안하고 완성되어 가는 과정을 저장해 두었다가 시간이 날 때마다 그 기억을 불러내어 조금씩 만들어 나갔다. 별도로 목공 작업을 배운 적이 없었기 때문에 주로 책을 통해 하나씩 습득해 나갔다. 당연히 셀 수 없이 많은 시행착오와 크고 작은 부상을 피할 수 없었다. 수술을 직업으로 하는 신경외과 의사였기 때문에 안전사고는 반드시 피해야 할 가장 중요한 일이었다. 의사로서 수술을 시작하기 전에 미리 수술의 전 과정을 상상하고 단계별로 필요한 기구나 테크닉을 점검하는 습관이 있었기 때문에 목공 작업을 하는 데도 큰 도움이 되었다고 생각한다. 흥미로운 것은 척추 수술에 사용하는 기구와 목공 기구들이 그 쓰임과 생김새가 거의 비슷하다는 것이다. 단지 차이가 있다면 커다란 가격 차였다.

Man cave

한창 바쁘게 일하던 시절, 병원 일을 끝내고 나면 대부분 나의 좁은 작업실로 직행했다. 대부분 별다른 작업을 하지 않고, 정리하고 커피를 내리고 상상의 나래를 펼쳤다. 작업의 재료가 되는 나무를 구하는 일이 처음에는 어려웠지만 두드려야 열린다고 많은 사람들을 만나면서 자연스럽게 여러 구입처를 소개받을 수 있었다.

지금 생각하면 작품의 아이디어 대부분은 이렇게 정신없이 바빴던 시절에 이루어졌다. 피곤함은 무작정 누워 쉰다고 풀리는 게 아니라, 평소 쓰지 않던 뇌의 다른 부분을 자극할 때 더 효과적으로 해소된다는 생각이 들었다. 언제든지 혼자 틀어박혀 외부와 몇 시간이든 떨어질 수 있는 나만의 장소(man cave)가 완비된 것이다. 많은 위대한 선각자나 종교 지도자들도 중년이 되면서 동굴에 들어가지 않았던가? 보잘것없는 평범한 나의 동굴은, 비좁고 먼지투성이였던 작업실이었다. 음악 감상하기 좋았고 멍때리는 장소로도 그만이었으며, 언제든지 친구를 만나는 장소로도 최적이었다. 내 또래의 남자들은 지저분하고 좁은 이 공간에만 오면 대부분 좋아하고 집에 돌아가려고 하지 않았다. 강의 자료를 정리하기도 좋았다. 결국 작업실이었고 서재였고 카페였던 것이었다. 바쁜 시절이었지만 행복한 시간이기도 했다.

하지만 그때로 돌아가고 싶지는 않다. 도저히 곰팡내 나는 좁은 그 장소에서 그 당시의 에너지를 다시 뿜어내기에는 내 몸의 하드웨어들이 낡아도 너무 낡아버렸다. 대신 이제는 그때 일들을 상상하는 것만으로도 행복하고 편안하다.

편하면 떠오르지 않는다

현재의 내 작업실은 다른 사람이 봐도 넓고 위치도 좋은 곳에 있다. 공간이 넓으면 지저분한 것, 버려야 할 것들도 동시에 많아진다. 구석마다 차지하고 있는 나무 잔재들을 몇 차례 치워보려고 했지만 매번 실패했다. 버리자니 아깝고, 보관하려면 더 큰 공간이 필요했다. 몇 차례 바꾼, 크고 무거운 기계들이 최근에 많이 심심해하는 것 같다. 아이디어가 떨어진 것은 아니지만, 이제는 작업에 들어가기 전에 만들어야 할 타당한 이유를 먼저 생각하고 주저하게 된다. 처음 목공 작업을 하려는 사람이나 나무에 대해 잘 모르는 사람은 작업 과정은 무시하고 결과물만 생각하는 경향이 있다. 초보자는 우선 많은 것을 만들고 싶어 한다. 그의 작업실은 조만간 처치 곤란한 미완성의 물건들이 통로를 막아버릴 것이다. 어쩌다가 방문한 친구는 아주 쉽게, 그리고 편안하게, 부탁한다. "집에 작은 탁자가 필요한데 하나 만들어 줘" 아니면 "크기를 알려 줄 테니까 판판한 나무판 하나만 만들어줘. 오늘 가능할까? 마침 내가 조금 시간이 나는데, 그때 설치해줘!"라고 말한다. 사실 나도 처음에는 이러한 부탁을 즐거운 마음으로 들어주기도 했다. 당시에는 나무를 가지고 작업하는 자체가 즐거웠던 시절이었다.

지금 생각하면 작품이 완성된 것 못지않게, 때로는 그보다 더 중요하게, 작업하는 과정도 중요하다는 생각이 든다. 즉시 필요한 물건은 어렵지 않게 시작할 수 있지만, 무언가 남겨서 오랫동안 바라보고 싶은 것을 제작하는 일은 결코 쉽지 않다. 아무 생각 없이 편한 마음으로 도착하면, 결국 편한 마음으로 돌아갈 수밖에 없다. 바쁜 중에도 무언가를 이루고 싶다는 절실함을 마음 한편에 품고 있어야 한다.

편하면 몸이 무거워지고, 다리만 힘들어진다.

안전, 안전, 안전

배우면서 경험하게 되는 시행착오는 피할 수 없고, 이에 따른 후회도 온전히 나의 몫이 된다. 후회의 대부분은 했던 일보다는 하지 못했던 것에서 발생한다고 한다. 그래서 사람들은 새로운 것을, 하고 싶었던, 끊임없이 시도한다. 지금은 기억나지 않는 어떤 영화에서 나오던 대화가 떠오른다. "아무것도 하지 않으면 편하지. 그러나 그러면 그대로야. 아무것도 변하지 않아" 목공 작업에서는 많은 새로운 시도를 하게 되며 때로 순간적으로 떠오른 생각만으로 작업을 진행하기도 한다.

나는 목공 작업을 하면서 안전에 대한 교육을 받은 적이 없다. 덕분에 몇 차례 사고를 당했다. 나의 경우 가장 흔한 부상은 테이블 쏘(table saw)에서 발생하는 킥 백(kick back, 잘린 조각이 갑자기 뒤로 밀리면서 가슴이나 복부를 타격하는 현상)이었

다. 톱날에 잘리는 나무는 항상 한 방향이어야 하는데 진행하다
가 조금이라도 틀어지면 곧바로 뒤로 세게 튀어나오게 된다. 마
치 주먹으로 명치를 세게 가격당하는 느낌이었다. 다음으로 흔
한 사고는 수압 대패기계에서 발생하는 사고이다. 바쁘게 일하
다 보면 나도 모르게 누르고 있던 나무가 지나간 다음에도 손을
누르게 되는 끔찍한 사고이다. 나의 경우에는 한 차례 큰 사고
가 발생했지만, 다행히 손끝에 작은 흉터만 남아서 지문인식 할
때만 가끔 문제가 되었고 일상생활에는 장애가 남지 않았다. 정
말 다행이었다고 생각한다. 특히 수술을 하는 나의 직업 때문에
주위에서 걱정이 많은 것도 사실이다. 이 사고 후 작업을 할 때
마다 신중을 기하는 습관을 가지게 되었다. 목공에 사용하는 기
계나 기구는 모두 동력이 세고 날카롭다. 그래서 절단 중 잘리
는 나무가 진행하는 방향을 벗어난 움직임은 절대로 발생하지
않아야 한다. 상식적인 사실이지만, 다른 일에 정신이 팔리거나
서두르다 보면 돌이킬 수 없는 사고로 이어질 수 있다. 제일 좋
은 방법은 제대로 교육을 받는 것이다. 여럿이 잡담하면서 하는
작업은 집중할 수 없게 되어 아주 위험하다. 작업 후에는 반드시
정리하고 청소하고 전원을 모두 차단해야 한다. 나의 지인 중

한 명은 번개가 치는 날 플러그를 꽂아 놓았던 일로 비싼 기계를 망가뜨린 쓰디쓴 경험이 있다. 작업이 끝나면 기계들을 모두 제 자리로 안전한 상태로 돌려놓고 필요하면 윤활유를 쳐 놓는다.

친한 친구 한 명은 비용을 절약하겠다고 휴대용 전동 톱을 나무판에 설치하고 작업하다가 오른 손가락 네 개가 잘리는 바람에 응급 접합 수술을 받게 되었다. 다행히 손가락을 사용할 수 있게 되었지만, 끔찍한 흉터는 그의 마음을 오랫동안 어둡게 했다. 수년 후 그 친구는 비 오는 날 사다리 작업을 하다가 떨어져 척추가 부러지고 한쪽 눈까지 실명하게 되는 돌이킬 수 없는 불행한 결과를 맞았다.

안전에 대한 경각심만큼 중요한 일은 없다.

파티

　작업실만큼 남자들이(지금은 성별이 따로 없다) 자유롭고 편하게, 때로 대책 없이 먹고 마시며 떠들기 좋은 곳은 없다. 나의 아내까지 음식 만드는 일을 좋아하는 바람에 파티의 횟수와 규모는 점차 커져갔다. 지금은 엄두도 낼 수 없는 일이지만 당시에는 우리 부부도 파티를 여는 것을 좋아했고, 참석자들은 더 좋아했다. 몇 년 동안은 봄에 튤립이 만발할 때 매년 한 차례씩 수십 명을 초대하여 하우스 콘서트를 열기도 했다. 지금 생각하면 그때가 나에게는 벨 에포크(Belle Époque, 아름다운 시절)였다. 참석자와 연주자 모두 즐거웠고 앙코르 연주는 계속되었다. 아내는 며칠 전부터 음식을 준비했고, 파티가 끝나면 우리 둘은 녹초가 되어 쓰러지곤 했다.

　현대 사회는 마음가짐을 중시한다. 열정이 남아 있는 한 모든 것은 가능하다고 말하기도 한다. 맞는 말이기는 하지만 생리적인 나이듦은 분명히 열정의 자리를 차지해 버리려고 하고, 대부분 그렇게 된다. 나에게 열정은 기억의 행복으로만 남아있게 된 것일까? 이제 이러한 모임은 나이가 들어가며 점차 추억이 되었고, 이제는 나와 아내, 그리고 이곳에 거주하는 누나까지 셋이서 텃밭에서 수확한 것들로 조출하게 식사를 하는 정도로 축소되었다. 나는 이것도 작은, 대부분 즐거운, 파티라고 생각한다. 아내는 텃밭 가꾸는 일에 푹 빠져서 직장 일이 끝나면 언제나 내 작업실로 와서 농부 옷으로 갈아입고 일을 시작한다. 지금 같은 봄에는 수확하는 것이 많아 저녁은 건강식으로 넘쳐난다. 앞으로 많이 남지 않은 건강한 순간을 놓치지 말고 최대한 오래 즐겨야겠다는 생각이 든다. 이런 파티에는 요리는 자유롭고 즐겁고, 덧붙여 미리 준비하지 않더라도 대화 소재는 항상 넘친다. 즐거운 시간이 끝없이 계속된다.

아이디어 소재

처음 목공 작업을 시작할 때는 이미 만들어진 물건이나 작품을 흉내 내기 바빴다. 하지만 이런 작업은 금방 싫증이 나버렸다. 작품에 대한 아이디어는 수시로 나타났다가 사라진다. 음악 감상을 하거나, 책을 읽는 중에 떠오르기도 하고, 어떤 인상 깊은 구절에 어울릴 것 같은 형체가 떠오르기도 한다. 문제는 이러한 생각을 붙잡은 다음 구체화하는 일이다. 복잡한 상황을 단순화시키는 작업이 중요하다지만, 순간적으로 떠오른 생각을 구체화하는 일은 결코 쉬운 일이 아니다. 크기, 질감, 나무의 색과 균형과 같은 여러 생각을 하다 보면 처음 시작했던 부분을 까먹게 되는 일이 빈번하게 발생한다.

가끔 미술관에서 조형 작품을 보면서 작가의 처음 시작은 어땠을까 상상해 보기도 한다. 나는 비구상 조형물을 좋아하는데 가능한 한 작품 설명을 미리 찾아보지 않으려고 한다. 작품을 바라보면서 느끼는 첫 느낌이 어떨 때는 아주 신선하고 경이로울 때가 있어서, 작품 설명과는 판이하게 다른 경우가 있다. 그 기분을 오래 간직하고 싶다. 작품의 모양보다 질감이나 우연히 발생한 듯한 흔적(artifact)에 눈이 오래 머무를 때가 있는데, 이 부분에서 어떤 모호한 생각이 나타나 나에게 다가오는 느낌을 받기도 한다. 멀리서 우연히 바라본 느낌이 좋을 때도 있다. 하얀 벽 앞에 방해받지 않고 조용히 서 있는 모습은 가까이서 자세히 살펴볼 때보다 더 많은 느낌을 전달해 주기도 한다.

바라보면 좋은 기분과 추억을 불러일으킬 수 있는, 어떤 사람을 생각나게 하는, 가까이 두고 자주 사용할 수 있는 것을 만들고 싶다.

음악회

　좋아하는 음악을 듣고 있노라면 몸이 가벼워지는 느낌이 든다. 나에게서 무엇이 빠져나간 것일까? 밀린 일들을 잠깐 책상 아래로 내려놓는 느낌이다. 변하는 것은 없다. 연주가 끝나면 다시 일을 시작할 것이다.

　재능은 분명히 사람마다 다르다는 것을 직접 깨달은 다음, 포기한 연주 레슨 대신 연주자와 음악 애호가들의 모임을 시도하려고 시작한 하우스 콘서트는 내 음악 선생의 넓은 인맥 덕분에 성공적으로 이어갈 수 있었다. 일 년에 한두 번은 나의 작업실 창고에서 열기도 했는데 지저분한 창고임에도 불구하고 사람들은 이곳을 매우 좋아했다. 아내는 정성스럽게 음식을 준비했고, 앙코르 연주는 늦은 밤까지 계속되었다. 사람들이 돌아가고 조용해지면 나와 아내 그리고 항상 궂은일을 도맡아 주는 누나는 새벽까지 정리를 해야 했고, 모두 녹초가 되어 버리곤 했다.

기억은 신기하게도 좋았던 일만 오래 남는다. 힘들어서 올해까지만 하고 그만해야겠다는 말을 몇 번이나 했는지 모른다. 이제 내 작업실에서의 연주는 중단되었지만, 그때의 얘기들은 오랫동안 대화의 단골 주제가 되었다. 몇 장의 사진만 그 순간을 증명하고 있지만, 내 맘속에는 아름답게 승화된 젊음의 열정의 형태로 남아있다. 음악회를 어떻게든 이어가고자 했던 다른 이유는 내 맘속에 자리 잡은 불안 때문이기도 했다. 사람들이 모이고 시끌벅적해지면서 내가 중요한 존재로 주목받는 느낌을 즐긴 것인지도 모른다. 해를 거듭할수록 처음 음악회를 이끌었던 사람들은 많이 떠났고, 젊은 사람들로 대체되면서 연주 장르와 분위기도 조금씩 바뀌었다. 여전히 나는 다른 곳에서 진행하는 하우스 콘서트에 참석하고 있지만 뒤편에 앉아 있다가 조용히 돌아가곤 한다. 산의 정상이 보이면 내려갈 길을 미리 생각해야 하는 것처럼 퇴장할 때를 아는 것이 중요하다는 것을 모르는 바는 아니지만 마음 한편에는 쓸쓸함과 외로움을 느끼고 있다는 사실을 부인할 수 없다. 이제는 아무도 없는 내 방의 낡은 소파에서 음악을 감상하는 시간이 점차 늘고 있다.

작업실

화장실 하나를 어렵게 아내에게 허락받아 치운 다음 나무를 자르고 다듬어 가던 나의 첫 작업실은 이후 작은 지하 작업실로, 그리고 다음에는 일 층의 작은 공간으로 바뀌면서 조금씩 넓어졌다. 나에게 이 공간은 단지 작업을 위한 공간이라는 점을 넘어 여러 가지 의미가 담겨있었다. 특별한 일이 없어도 그냥 혼자 와 있으면 좋았다. 책을 읽기도 좋았고, 음악을 크게 틀어 놓기도 했다. 때로는 멍하게 앉아서 벽 한구석에 거미가 집을 짓는 과정을 보기도 했다. 나도 모르게 빠져들었던 낮잠에서 깨어나면 주위가 전혀 다른 세상으로 보였다. 밝고 다른 색으로 느껴졌다. 그냥 그렇게 지내다가 집에 와도 마음은 편했고, 다음 일주일을 잘 보낼 수 있겠다는 생각이 들었다. 그냥 옆에 있던 책을 펼쳐서 읽어간 한 구절을 형상화할 수도 있겠다는 생각도 들었다.

역사적으로 무언가 커다란 일을 이룬 옛날 사람들은 젊을 때 한번은 동굴에 들어가서 지내다 나왔다. 그들은 그 안에서 무엇을 했을까? 나의 작업실도 일종의 동굴이었다. 다른 점은 너무 나이 들어 늦게 들어갔고, 자주 들락거렸지만 별로 한 일이 없었다. 그냥 조용히 혼자 있으면 즐거웠고 어떤 날은 잘하지 못했던, 부끄러웠던, 그리고 비겁했던 과거의 행동들이 떠올라 우울해서 이를 극복하려고 노력도 했다.

　　나무를 다듬다 보면 먼지가 뿌옇게 작업실을 채운다. 크게 틀어 놓은 음악이 클라이맥스로 치달을 때면 순간이나마 나는 무아지경에 빠지곤 했다. 대부분 작업의 결과는 보잘것없었지만 크게 실망하지는 않았다. 그냥 옆에 치워놓거나 아니면 난로에 넣어버렸다. 그것이 나의 작업실에서 이루어지는 일이었다.

직업과 취미

　늘그막에 강릉에까지 와서 직장을 다니게 될 줄은 몰랐다. 어느 날 머리를 자르려고 직장 근처를 돌아보다가 오래된 이발소를 하나 발견했다. 이런 곳에는 항상 나이가 지긋한 남자가 혼자서 일을 한다. 내가 왜 이런 이발소만 고집하는지 정확한 설명을 하기는 어렵지만 언제든지 들어갈 수 있고 잠깐이나마 편한 마음이 허락되는 장소라는 느낌이 들기 때문일 것이다. 기다리는 동안에 주위에서 들리는 얘기도 정겹고 옆에 놓인 신문을 읽는 즐거움도 있다.

　이른 아침에 아무도 없는 어두운 이발소에 들어서자, 구석에서 나이가 많이 들어 보이는 남자가 발을 절면서 천천히 걸어 나왔다. 이발 의자에 앉아 거울을 보니 옆에 연필로 그린 잘생긴 젊은 남자의 초상화가 걸려 있었다. 내가 유심히 바라보자

이발사는 그게 바로 자기라고 말했다. 그는 손을 조금 떨었지만 진지한 태도로 집중하면서 천천히 내 머리를 다듬었다. 결과도 훌륭했다. 그의 얼굴은 유난히 창백한 노란색이었고 피부는 얇고 주름져 있었다. 출입문 가운데에 붙어 있는 '매주 두 차례 병원 때문에 쉬어야 한다'는 문구를 보고 투석을 받고 있다는 것을 추측할 수 있었다. 다시 들른 어느 날 그의 얼굴은 유난히 힘들어 보였다. 머리를 다듬기 시작했지만 속도가 느렸고, 내 주위에서 위치를 바꿀 때마다 내 어깨를 잡은 다음 천천히 발을 옮겼다.

"투석한 다음은 어떠세요?"라고 묻자, 그가 대답했다.

"투석하면 몸이 개운해진다고 하는데 저는 차이를 모르겠어요" 힘들지 않냐는 나의 물음에 그는 대답했다.

"힘들죠. 그래도 이 일을 할 수 있다는 것이 어디예요? 나는 이 일이 좋아요"

6월 말 이른 아침인데도 기온이 26도까지 올랐다. 출근길에 사람은 거의 보이지 않고, 그늘에서 맞는 무더운 바람이 싫지는 않았다. 직장까지 걷는 길이 상당해서 매일 걸으면 좋겠다고 생각했는데, 오늘 날씨는 다가올 한 여름을 걱정하게 만든다. 천천히 걸으니까 좀 더 많은 것들이 보였다. 건물 사이로 대관령 봉우리들이 검고 뚜렷하게 보이면서, 마치 외국의 낯선 여행지에서 아침 산책을 하고 있다는 생각이 들었다. 길은 깨끗하고 아직 열지 않은 가게 문의 색도 산뜻하게 보였다. 여름의 무더위는 나이듦과 같다는 생각이 든다. 여름의 더위를 내가 어떻게 할 수 있겠는가? 편하지는 않겠지만 대신 이 계절에만 보고 느낄 수 있는 것에 좀 더 집중하면 뜻밖의 새로운 즐거움도 느낄 수 있다는 생각이 든다.

문득 나의 10년 후를 상상해 보다가 떠오른, 머리를 다듬던 이발사의 긍정적인 생각이 부럽게 느껴진다.

마치면서

미덥지 않은 글들이었지만 힘들여 정리했고, 내 나무 작품들과 매치시켜 보았다. 미루던 숙제를 끝낸 기분이 들어서 후련해졌다. 새벽에 일어났을 때 처음 떠오른 생각은 '이제 무엇을 하지?'였다.

많은 일들이 있었지만 별 탈 없이 지금까지 잘 지내왔다는 생각이 들면서도, 동시에 무언가 부족하고 빠뜨린 듯한 느낌이다. 내 삶이 늘 그래왔다. 어쩌다 시간이 난다 싶으면 이를 제대로 즐기지 못하고, 무언가를 해야 한다고 생각하며 새로운 일을 저질러 버리곤 했다. 목표를 이룬 뒤에 찾아오는 공허감 같은 것은 아니었다. 오래 걸어왔지만, 막상 도달해 보니 내가 목표로 했던 곳이 아니었다는 생각도 들었다.

이 작업은 내 삶의 후반기에 맞게 된 일 가운데 크고 중요한 것이었다. 누가 나의 아마추어 작업과 사적인 글에 관심을 가질지 잘 모르겠다. 다만 내가 경험했던 일에서 그때그때 느꼈던 감정을 솔직하게 글로 남기고 싶었고, 나 자신이 어떻게 살아왔는지 궁금하기도 했다. 지금의 나는 내가 혼자서 이룬 것이 아니다. 상대가 없는 '나 하나의 뇌'만으로는 생각을 만들어 낼 수 없다. 책장을 정리하면서 비로소 내가 좋아하는 분야를 알게 되듯, 써왔던 글을 정리하다 보면 내가 어떤 사람이었는지 조금 더 잘 알 수 있을 것 같았다.

내가 신경외과 의사를 해오면서 얻은 교훈이 있다면, 너무 걱정하지도 말고 그렇다고 너무 쉽게 생각하지도 말며, 어느 정도의 긴장을 유지하면서 지내는 것이 좋다는 것이었다. 그동안 큰 수술을 앞두고 많은 걱정을 했지만 차분하게 준비하다 보면 결과는 대부분 생각보다 좋았다. 오히려 가볍게 생각하고 안이한 마음으로 수술실에 들어갔다가 혼쭐이 난 경우가 더 많았다.

이제 또 다음 할 일을 찾아봐야겠다. 이런 식으로 살아왔고, 돌이킬 수 없는 큰 잘못을 저지른 기억도 없다. 크고 작은 후회는 늘 내 주변에 있었지만 대부분 잊었고, 오히려 새로운 일을 시작하면서 느낄 수 있는 쾌감 같은 것이 좋았다. 그렇다면 그동안 배우고 경험한 대로, 나에게 남아있는 시간 동안 새로운 일을 계속 시도해 보는 것이다.

이 책에 실린 사진 대부분은 양현모 사진작가가 내 작업실까지 와서 촬영한 것이다. 나이 차를 넘어 이어진 오랜 우정에 깊은 감사의 마음을 전한다.

현명해질 때까지 늙지 않기

2026년 1월 10일 초판 1쇄 펴냄

지은이 김영백
펴낸이 김경섭

펴낸곳 (주)도서출판 삼인
전화   02-322-1845
팩스   02-322-1846
이메일 saminbooks@naver.com
등록   1996년 9월 16일 제25100-2012-000046호
주소   (03716) 서울시 서대문구 성산로 312, 북산빌딩 1층

디자인 김은선
제작   수이북스, 문형사

ISBN 978-89-6436-293-8 (03810)